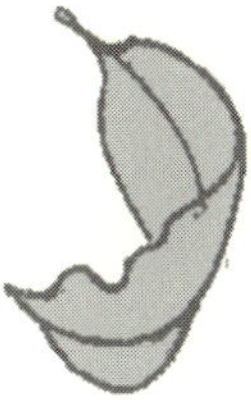

落葉シティ

下田ひとみ
Shimoda Hitomi

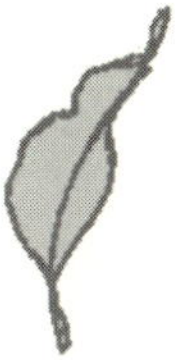

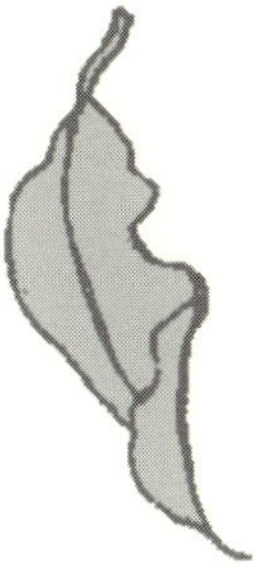

文芸社

プロローグ

遠く連なる山々。雑木林に街路樹。公園の樹々に庭木。樹木豊かなこの街にとって絢爛たる季節が到来した。

カエデや山モミジ。イチョウやカツラ。ケヤキ、フシノキ。そのほかにも、サクラ、カキ、ツリバナ、ハゼ、ツツジ、クヌギ、クリ、ウルシ、エノキと、さまざまな樹木が緑絹を脱ぎ、赤や黄の衣をまとい、街をパッチワークのように秋色で染めていく。

しかし、それも初冬には落葉した。風がないのに舞い落ちる儚葉《はかなば》、季節風によって一斉に散らされる淡葉《あわは》。地面は朽葉色の絨毯となり、陽を受けると黄金色に輝いた。街はハレーションに彩られ、その中を行くとリュートを聴いているような気分になった。

そのためだろうか、いつの頃からか、この街は「落葉《おちば》シティ」と呼ばれるようになっていた。

落葉シティにはさまざまな人が住んでいる。

陽気な人、気の若い人、おおらかな人、正直な人。

または、いつもクヨクヨしている人、嫌みな人、常に眉間に縦皺を寄せている人、相手が自己嫌悪に陥るものの言い方を心得ている人。

あるいは、世離れした理想主義者、貴族的な鋭敏感覚者、クールなユーモリスト、シニカルなセンチメンタリスト。

秋になると色づくこの街の樹木さながら、数え上げたらきりのないこのようなさまざまな彩りを持った老若男女たち。それらは響き合い、反発し合って、澄んだ音を紡いだり、不協和音を呈したり、時には独特なハーモニーを奏でたりする。

そして不思議なことも、もちろん稀にではあったが、時に起こった。

さあ、落葉シティを歩いてみよう。

落葉シティ ——〇 目次

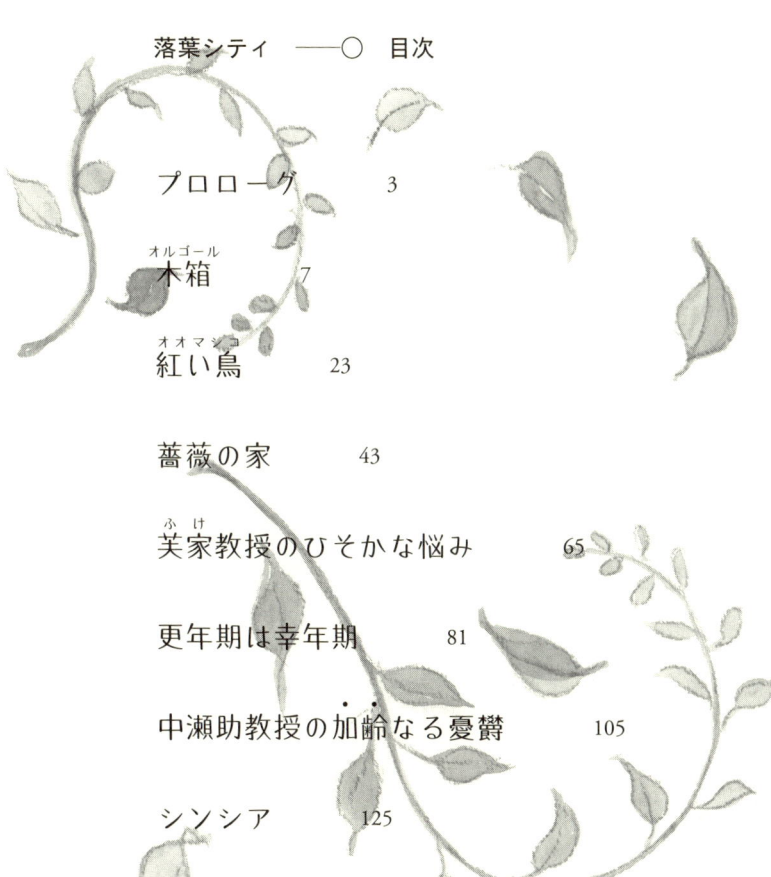

木箱《オルゴール》

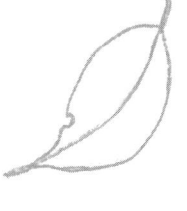

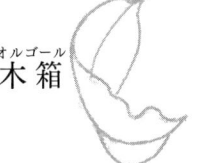

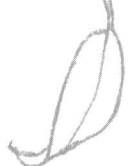

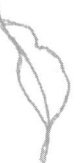

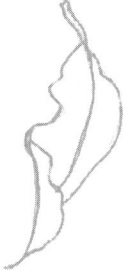

落葉シティの北に、白壁と重厚な煉瓦のコントラストが目を引く、格調高いレトロな洋館がある。この館は昔から「カナリィ館《やかた》」と呼ばれている。

江戸時代後半にオランダ人によって日本にもたらされたカナリアは、当時、非常に高価で手に入りにくく、明治時代あたりまではカナリアを飼うことは社会的な地位の高さと家柄の良さを示すものであった。事実、この館では当時カナリアが飼われていて、館の主の栄華を象徴する意味をこめて、ここを人々はそう呼ぶようになったらしい。

時代が移り、館の主も代わり、シェアハウスとなった現在。そこには二十代から七十代までの五人の男女が住んでいる。それぞれがなかなかに興味深い人物であるが、その一人一人については後に話をゆずるとして、手始めはこの館に新しい住人がやって来た日のことを語ろう。

それは落葉も終盤の初冬。ひどく寒い日で、道路をへだてた館の前の畑には、シュガーパウダーのような一面の霜が降りていた。

この日はカナリィ館の住人の一人であるイチェーレの編み物教室が開かれる金曜日だっ

た。ウェーブのかかった長い黒髪を束ねたイチェーレは、なめらかな額とはしばみ色の眼を持つ、ユダヤ系アメリカ人の若者。昼下がりのリビングルームに集っているのは、中高年のご婦人、馴染みの顔ぶれが十人ほどだった。

チャイムの音に、ドアに一番近い席にいた縞子が玄関に出た。

訪問者は若い男性だった。タータンチェックのオーバーコートにマフラー、帽子、革手袋の重装備。寒さに頬と鼻の頭を赤く染め、黒縁のめがねを曇らせている。床にはゴロつきのスーツケース。

「栗栖《くりす》です」

「クリス……さん？」

帽子を脱ぎ、青年は曇ったためがねを取った。

「今日からここに住むことになっている栗栖広彦です。職場の紹介で連絡がいっているはずですが……」

イチェーレがリビングから出てきた。

「君が広彦？」

「はい」

「俺はアイザック・ゴールドシュタイン。でもそれは英名でね、イチェーレって呼んでくれ」

握手の手を差し出して言った。

「君の部屋は二階の一番奥。昨日着いた荷物は部屋に運んであるよ。その前にリビングで熱いお茶でもどう？」

広彦がドアに目をやると、二枚扉のはめこみガラスの向こうに、こちらを見ている好奇心いっぱいの婦人たちの顔が見てとれた。

「ありがとう。でもまず荷物を片付けて落ち着きたいから」

「OK。じゃあ、またあとで」

イチェーレを真似て片手を上げて「あとで」とこたえた後、広彦は縞子に丁寧にお辞儀をして言った。

「失礼して部屋に上がらせていただきます」

リビングルームは三十畳をゆうに超える大広間で、館の外見を裏切らないアンティークな内装と家具で統一されていた。

キッチンへと続く北側には獅子の脚をした八人掛けの食卓テーブルが鎮座し、西にはアップライトのピアノ、東の壁には暖炉が埋め込まれている。南東には出窓を背にL字型のソファー。その上の天井部分だけが吹き抜けとなっていた。

婦人たちは暖炉の前の絨毯の上かソファーに席をとり、編み棒を持つ手をせわしげに動かしている。

「新しい住人なの？」

揺り椅子に戻ったイチェーレに婦人の一人が尋ねると、ほかの婦人たちも待っていましたとばかりに矢継ぎ早に質問を浴びせかけてきた。

「どこから来たの？」

「年齢は？」

「職業は？」

「人柄は？」

出来上がり間近のセーターの首回りをかがりながら、イチェーレは、のどかでどこか超然としたいつもの表情で肩をすくめた。

「じつは、よく知らないんだ」

噂話もスキャンダルもどこ吹く風といった彼は、たいていこんな具合なのだ。肩透かしをくらった婦人たちが残念そうな顔を見合わせていると、突然、

「そっくりだわ、あの人」

と、どこからか声が上がってきた。

「めがねをとった顔なんて瓜二つ。何てよく似ているのかしら。他人の空似って本当にあるのね」

自分を見つめている一同の視線に気づき、たじろいだように周囲を見回した縞子は、言いわけをするように言葉をつないだ。

「ごめんなさい、あんまりびっくりしたものだから。あの栗栖さんっていう人、私の知っている人にそっくりなの」

「誰にそっくりだっていうの?」

隣の婦人が興味をそそられた様子で身を寄せてきた。

「兄の家庭教師だった堀口先生という人よ。ずいぶん昔のことだけど、この先生には私、忘れられない思い出があるの」

「聞かせてよ」

ひとりが言うと、「聞かせてよ」「聞かせてよ」の大合唱が始まった。

縞子は語り始めた。彼女が中学生だった四十年近く前の、ある出来事を――。

＊

そもそも堀口先生が縞子の兄である祐太郎の家庭教師となったのには、一風変わったいきさつがあった。

当時、祐太郎は浪人生で、予備校には行かず図書館通いの「宅浪」をしていた。

ある日、「ディジィ」というレストランでランチを食べながら数学の難問と格闘していると、ウエイターがコーヒーのおかわりを持ってきた。

しかし、このウエイターがなかなか立ち去らないので、横目で見上げると、彼は興味深げに問題集を覗き込んでいる。気分転換に祐太郎は話しかけてみた。

「東大の過去問なんですけど、難しくて」

「少しひねってあるみたいですね」

「少しなんて生易しいものじゃないですよ。この問題作った人、相当性格が悪いんじゃないかなあ。ぜんぜん解けない。答えなんてあるのかって言いたいくらいですよ」

「答えは②です」

あっけにとられて祐太郎は相手を再び見上げた。

まさかという思いで後ろの答えのページを繰ってみる。すると解答の欄にあったのは、まさしく②だった。

「どうしてわかったんですか？　そこに至るまでの数式は？」

ウエイターは祐太郎のノートに過程の数式を書き始めた。さながら五線譜に楽しげな音階を並べてでもいるように、軽やかに、いとも簡単そうに。

この彼こそ、後に頼んで家庭教師に来てもらうようになった堀口先生だったのだ。

数学にかぎらず堀口先生はオールマイティーで、教えることにも長けていた。だが、口数が少なく、必要なこと以外は喋らないし、自宅電話がなく、住所がどこなのかも明かさない。約束は守るし、時間にも遅れないので、家庭教師としての不都合はなく、何より彼に来てもらうようになってから祐太郎の模試の成績が飛躍的に上がっていったので、謎めいたこの青年にいささか警戒の色を示していた両親も、やがてそのことを問題にしなくなった。

さて、堀口先生は「ディジィ」の仕事の合間に家庭教師に来ていたのだが、しばらくすると店にまつわる奇妙な噂を祐太郎は耳にし始めた。このレストランにさまざまな怪奇現象が起こっているというのだ。それは、コップ挿しの花が二週間も枯れないとか、スープがなかなか冷めないといった他愛のないものから、ジュースがワインに変わった、毎日使っている小麦粉がぜんぜん減らない、果ては、テーブルが音を立てて揺れた、皿が浮かび上がったなどというオカルトめいたものまで、いろいろだった。

そのことについてどう思うかと、祐太郎が堀口先生に意見を求めたところ、彼の答えは一言、次のようなものだった。

「気のせいだよ」

当時、中学二年生だった縞子は、「ディジィ」の噂を知らなかったし、堀口先生とも会えば会釈程度の仲だった。

そんなある日、クラブで遅くなった学校の帰り道に、縞子はショッキングな場面に遭遇した。

道に飛び出した子犬が車に轢かれたのだ。車はそのまま走り去ってしまい、茫然と立ち尽くしていた縞子が我に返って駆け寄ってみると、子犬は瀕死の状態でぐったりと目を閉じていた。

黄昏の迫った路地には誰の姿も見当たらない。

子犬を抱いて家に帰り着いた時、縞子は半泣きの状態だった。

その日はクリスマス・イヴで、両親は友人宅のパーティに招かれていて留守だった。

「お兄ちゃん」と、縞子は兄の部屋に飛び込んでいった。

「公民館の前の道で車に轢かれたの。どうしよう、このままだとこの子、死んじゃうよ」

部屋には堀口先生もいた。ベッドにタオルを敷いて横たえると、先生が子犬を診てくれた。

「外傷はたいしたことないけど、脈が弱いし、体温も下がってきてるみたいだ」

すがりつくように縞子は先生の腕をつかんで尋ねた。

「病院に行ったら助かるよね？」

堀口先生が黙って目を伏せたままでいるので、見かねた祐太郎が代わって答えた。

「診察時間は終わってるし、それにたぶん、病院に着くまでもたないよ」

「いや！」

両手で顔を覆って縞子は泣き出してしまった。

「そんなのいやだ。死んじゃうよ……この子……死んじゃうよ」

曇りガラスの窓の外は暗くなっていた。啜り泣いている縞子の隣でストーブのやかんが音を立てている。

縞子の肩に堀口先生が手を置いて言った。

「祈ろうか」

「……え？」

「今夜はクリスマス・イヴだろう。心をこめて一生懸命神様に祈れば、もしかしたら願いが叶うかもしれないよ」

「でも、お祈りなんてしたことないわ」

「両手を組んで。目を閉じて。そして心の中で言うんだ、『子犬を助けてください』って」

半信半疑で兄を見やると、驚いたことに祐太郎はすでに両手を組んで目を閉じている。

「いいかい、ぼくがいいと言うまで、絶対に目を開けちゃだめだよ」

それはどのくらいの間だったのだろう。一分か二分。それほど長くは感じられなかったから、おそらくそのくらいのものだったと思われるが……。

「いいよ」

先生の声がして、縞子はおそるおそる目を開けてみた。すると眼前には奇跡のような光景が待っていたのだ。

子犬が起き上がっていた。しかも元気に動き回っているではないか。タオルにじゃれついて端を噛んだり、ベッドカバーに鼻先をもぐらせたり……ついさっきまで、今にも死にそうな状態でここに横たわっていた子犬だとは、とうてい信じられない。

「祈りが届いたんだよ」

子犬を抱き上げた先生が淡々と言った。

「たまにはこういうことでも起こらないと、神様の株は上がらないさ」

この子犬はイヴと名づけられ、老衰でこの世を去るまでの十七年間、縞子の家で家族の一員として愛された。

翌年の春、祐太郎は志望校に合格した。家庭教師の任は解かれ、それを見届けるかのように堀口先生は「ディジィ」を辞めた。

その後の彼の消息はわからない。

家庭教師として最後に訪れた日、帰っていく先生を追って縞子は玄関を出た。

「イヴを助けてくださったお礼に、受け取ってください」

赤いリボンのついた包みを差し出すと、生け垣の椿に先生は困ったように目を逸らせた。

「ぼくは何もしてないよ」

「でもお祈りの仕方を教えてくださいました」

「別に……特別なことじゃないよ」

「これ、私の手作りなんです。下手ですけど、先生にプレゼントしたくて、頑張って彫りました。木箱のオルゴールです」

先生は照れたようにちょっと笑い、「大切にするよ」と、贈り物を受け取った。

*

縞子の話はこれで終わりだった。

どうして子犬は治ったのか、果たして本当に祈りの力によるものなのか、堀口先生とは何者なのか、彼はその後どうなったのか……。

婦人たちの興味とお喋りは尽きることなく、教室が終わる夕刻までひとしきり続いた。

帰りぎわにイチェーレに呼び止められた縞子は、内緒話をするように耳元で訊かれた。

「堀口先生にプレゼントしたオルゴールの曲名って、何？」

少女のようにはにかんだ縞子は、うつむいて声をひそめた。

「それはね……」


二階の広彦の部屋では、荷物の片付けが終わりに近づいていた。スーツケースから最後の品が取り出され、彼はそれをどこに置こうかと室内を見回して考えた。

それは十畳ほどの広さの洋間だった。ムク材の床に白壁。吹き抜けの天井には消し炭色の重厚な梁が走っている。備えつけの家具はどれも歳月とともに変化した味わい深い飴色で、室内には古き時代の落ち着きと気品が漂っていた。

机の横に作りつけの飾り棚があった。広彦はそこに目を留め、持っていた品を大切そうに置いた。

それは全面にディジィの花の模様を彫り込んだ、小さな木箱だった。

広彦がふたを開けると、あの甘やかなメロディーが流れ出した。

Nae. T

紅い鳥
オオマシコ

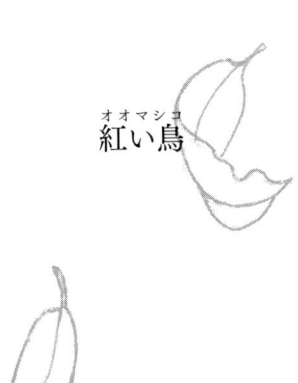

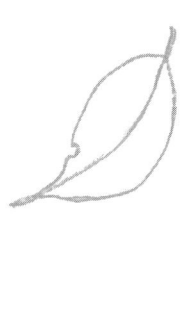

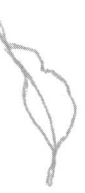

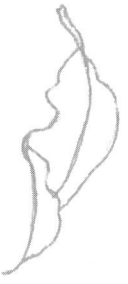

「あなたが広彦？　私は紅林《くればやし》かおる子。一応、このカナリィ館の大家だけど、あなたと年頃も同じだし、堅苦しく考えないでね。ここでの生活についての権利は住人全員にあって、何でも話し合って決めるようにしているの。家族みたいにね。あなたも今日からその仲間の一人よ。私のこともみんなと同じように『かおる子』って呼んでね」

初対面の時、かおる子はこう言った。

卵形の顔に直毛のショートヘアー。鼻筋は通っているがやや上向き気味の鼻はご愛嬌。シャープに上がった眉とダイナミズムな目、クールな唇とスリムな身体から受ける印象は、さながら美しい野生のカモシカだ。

「ここではみんなファーストネームで呼び合っているんですか？」

「イチェーレと毬香《まりか》はそうだけど、あとの二人は教授とマダムって呼ばれているの。年配者への敬意をこめてね。あなたもそのうち慣れるわよ」

広彦がかおる子に好印象を持ったのは、その容姿にではなく、親切な女性だと思ったからだった。新住人を気持ちよく迎え入れるために、広彦の部屋の掃除をしてくれたのも彼女なら、到着日の夜のカナリィ館のリビングルームで行なわれた歓迎会を仕切ってくれたのも彼女。そこでは一人一人が握手で広彦を歓待してくれたのだが、その時にまるで母親のように寄り添って、相手を紹介してくれたのも彼女だった。

「イチェーレにはもう会ったわよね。北欧風セーターの編み物作家。この部屋で週一度教えているの」

「よろしく。握手はこれで二度目だね」

ちょうど斜め上後方から当たった照明のせいで、すらりとした長身に彫りの深い顔と波打つ黒髪が、イチェーレの姿を幻想的な絵画のように見せていた。改めて見るとなかなかの美貌の持ち主である。

「こちらは大島毬香。シェフなの。今夜のディナーを味わえば、毬香がどれほどの腕の持ち主かわかるわ」

背が低く、名前そのままの毬のような体形。顔も丸顔。年齢は不詳だが、おそらく三十代だろう。三つ編みの髪と色黒の肌。不機嫌なわけではなさそうだが、押し黙ったまま、にこりともしない。握手をしながら、「はじめまして」と、広彦は小さく言った。

「こちらは欧亜《おうあ》大学の芙家《ふけ》教授。専門は哲学」

中背の鍛えられたがっしりとした体格に、いかにも知的職業者然とした風貌。まだまだ若い者には負けないぞ、といった、気概の感じられる強い眼差しをしていたが、薄くなり始めた頭髪とせり出した腹が、哀しき老いの訪れを告げていた。

広彦の手をにぎりながら教授は好戦的に言った。

「勘違いしないように警告しておくが、今夜みたいな一同うちそろってのディナーは普段はいっさい行なわないからそのつもりで。この館でアットホームな雰囲気が味わえると思ったら期待外れだぞ。冷淡とは言わないが、ここの連中はマイペースで、人のことなんかかまっちゃいない。みんなしたいようにしているんだ」

「かわいい坊やをいじめないでちょうだい」

青いドレスを上品に着こなした婦人は、かばうように広彦の背に手を回した。目鼻立ちのはっきりとした顔立ちで、若い頃は相当な美人だっただろう、その姿からは往年のスターのような華やかさが漂っていた。

「最初が肝心だよ、マダム」

「あなたの話はいつだって被害妄想的なのよ。この前、痔の手術で入院した時、誰もお見舞いに行かなかったことをまだ恨んでいるのね」

「残念ながら、わたしはそんな了見の狭い人間ではないよ」

「勘違いしているのはあなただけ。まあ、でもそうでも思わなくちゃ、あなたのようにうぬぼれの強い人間は生きていけないでしょうけど」

「このことも承知しておいてくれ、広彦。マダムはいつもこんな調子でわたしにからんでくるんだよ。でもわたしは気にしない。人格者だからね。マダムのような年寄りは楽しみが少ないものだ」

「あら、私はあなたよりほんのいくつか年上なだけなのよ。それでもいつもあなたより十は若く見られるわ。可哀想に、私を年寄り呼ばわりするのは、日々、醜く老いていく、あなたのコンプレックスの裏返しね」

「なんですと！」

「教授とマダムの喧嘩は食前酒と一緒、おいしい料理には欠かせないものなの」

かおる子が仲を取り持つように二人の間に入って言った。

「気にしないで。駅前にあるサロン・ド・トキコっていう美容院、まだ知らないでしょうけど、センスも腕もよくて、この街では有名なのよ。そこのオーナー、壇上朱鷺《とき》子《こ》。マダムよ」

「よろしく、広彦。あなた、ブラッシングをきちんとしなければだめよ。そうすれば光沢がでて、もっと綺麗な髪になるわ。もちろんトリートメントもね。それに前髪は短くするか、オールバックにするべきよ、ぜったい。せっかくインパクトのある目をしてるのに、もったいない」

広彦は握手の手を取られながらたじたじとなっていった。

「ご親切に……努力します」


十二月の第一週が終わった。

寒さはますますきびしくなったが、リビングルームの窓辺のポインセチアは紅さを増し、その隣のシクラメンも今が盛りと花開いている。庭では野鳥が音楽のようにさえずりながら、イチェーレが設えた餌台の果物の切れ端や穀物をついばんでいた。

広彦はカナリィ館での暮らしにようやく馴染んできた。

館の住人たちのほとんどは、広彦が歓迎会の夜に受けた第一印象そのままの性質のようであった。のどかで穏やかでどこか風変わりなイチェーレ。無口で無愛想でほとんど笑わない毬香。尊大で自己愛の強い皮肉屋の教授。辛辣で如才なく世情に長けたマダム。

第一印象が違ったのは、ただ一人、かおる子だけであった。彼女がまめまめしく立ち働いていたのは、カナリィ館の大家であるという責任感からくる親切心がなした業ではなく、住人が積み立てている維持費から出る報酬が目当てだったということがわかったのだ。

「はっきり言ってあんな守銭奴、見たことないね」

教授がグチめいた口調で教えてくれた。

「あの部屋は長い間使っていなかったから、ルームクリーニングは業者に任せるつもりでいたんだ。それをかおる子が、自分が掃除するから同じ取り分をくれって。歓迎会だって、毬香の勤めるイアンで行なう予定だったのを、もっと少ない予算で仕上げるからそれに見合うだけの賃金を出せって。いつだってこんな調子さ。かおる子が何かをするのは金のため。時給いくばくかのためでなけりゃ、あの娘はマッチ棒一本だって動かそうとはせんよ」

少なからぬショックを受けた広彦は、ほかの住人の意見も聞こうとしたが、本人に確かめるのがフェアーだと思い直し、直接、かおる子に尋ねてみた。すると、

「もちろん、お金がもらえるからやったのよ。あたりまえじゃない」

と、すぐに返事がきた。

「そうでなけりゃ、何が嬉しくて、わたしがあなたの部屋の掃除をしたり、あなたの歓迎

会の用意をしたり、愛想笑いをしてあなたの世話を焼いたりしなきゃいけないの?」

一方、カナリィ館の住人たちが新参者である広彦をどう思っていたかというと——。

編み物教室の婦人たちにイチェーレは次のように伝えた。

「いい奴だよ。庭の餌台の掃除をしてくれるんだ」

毬香の評は少し違った。

「変り者です」

「なぜそう思うんだい?」

イアンのカウンターで馴染み客たちに尋ねられるたびに、淡々と彼女は同じ言葉を繰り返した。

「私と同じくらい無口です」

夕食後の館のリビングで、ソファーで新聞を広げている教授と、揺り椅子で雑誌をめくっているマダムが、広彦に関して交わした会話は次のようなものだった。

「学生気分がまだ抜けないのか、あいつはどこかぼうっとしてるな。時々いるんだ、うちの大学にもああいうタイプが。まるで薄雲のかかった天気みたいに、朝にも夜にもなりきれない人間」

ページをめくる手を休めず、マダムが答えた。

「それを言うなら、『白夜の空みたいな人間』って素敵な表現もできるでしょうに。相変わらず、あなたが使う譬えは陳腐ね。それに広彦はちっともぼうっとなんかしてないわよ。繊細で、礼儀正しく、謙虚な人柄」

「ほほう。インパクトのある目がどうのこうのという、ご親切な誰かさんの意見に従わず、オールバックにもせず、前髪も切らなかったのに、ずいぶんとお優しいことで……」

「隠してこそ、ものの値打ちは上がるもの。彼のヘアースタイルはあれでいいの。もっともあなたには切る前髪もないけどね」

かおる子の広彦に対する評価は、イチェーレとお茶を飲んでいたある午後に述べられた。

「ひとことで言うなら、ケチ。栗栖広彦、汝の名、それはケチである。ケチ以外の何者でもない」

そう言い切ったかおる子の語調には、少なからぬ憤りがこめられていた。

「土砂降りの天気に車で送ってあげると言っても、疲れていそうな夜に食事作りを申し出ても、答えはいつも『ノー』。頑固で、どんなに勧めても駄目なの。広彦に部屋を貸したのは失敗だったわ。住人が増えたから、収入も増えると期待してたのに」

「家賃が一人分増えたじゃないか」

イチェーレが慰め顔で言うと、両手を温めていたオレンジ色のマグカップを高々と持ち上げて、かおる子がこたえた。

「これ、コーヒーのおまけについていたカップなの。今じゃ一番のお気に入りで、ドイツで買ったマイセンのカップより重宝しているのよ」

そして悲しそうに付け加えたのだった。

「ねえ、イチェーレ、いつだって賢い買物は、おまけの善し悪しで決まるのよ」

北風が吹き荒れ、昼間も気温が二、三度の日が続いた十二月の第三週。土曜日に初雪が降った。その時はチラチラと舞う程度だったが、二日後に二度目の降雪があり、それは降り続いて積雪となって街を銀色に埋めていった。

イチェーレが庭の餌台の下にその小鳥を見つけたのは、雪の止んだクリスマス・イヴの夕方だった。

羽をふくらませて丸くなり、雪の上にうずくまったまま動かない。近づいても逃げ出す気配がなく、手のひらにのせると、気力が果てたように小鳥は目を閉じた。

リビングに運んで、暖炉の前の椅子にタオルを敷いて、そっと横たえた。

雀よりひとまわり大きく、全体が淡褐色、顔と腰の辺りだけが淡い紅色の、オオマシコだった。外傷は見当たらないが、ひどく弱っているようで、羽をふくらませたままの状態で、か細い呼吸をしている。

小皿に水を入れて嘴の前に持っていくと、首を持ち上げて少しだけ飲んだ。その時はわずかに元気を取り戻したかに見えた。その後、すりつぶした栗を食べることもできたのだが、時とともに小鳥はしだいに衰弱していくように思われた。

暖炉の横には大人の背丈ほどあるクリスマスツリーがあった。電飾の灯りが羽をふくらませて目を閉じた小鳥を照らしている。イチェーレ以外誰もいない館は静まりかえっていた。

夜になってマダムが帰宅。時をおかずに教授も帰ってきた。

「病院で診てもらってないの?」

マダムの質問にイチェーレが答えた。

「電話帳で調べたんだけど、犬や猫のクリニックばかりで、やっと小鳥を診るところを見つけて電話したら、『本日の診察は終わりました』って、テープが流れたんだ」

「可哀想に……」

マダムは顔を曇らせた。教授は片眉を釣り上げ、無言で小鳥を見つめている。

曇り硝子の窓越しに、夜になって再び降り始めた雪が見えていた。

「ホワイトクリスマスだね」

カーテンを引きながらイチェーレがつぶやいた。

マダムと教授がそれぞれの部屋に引き揚げた後、かおる子が帰宅。その後、広彦も帰ってきた。

「病気なの？」

「そうらしい」

「重体？」

「とってもね」

「助からないの？」

「絶望的」

「あとどのくらい？」

「時間の問題だろうね」

かおる子とイチェーレのやりとりを広彦は黙って聞いていたが、二人の会話が尽きた後、思い切ったように口を開いた。

「祈ってみようよ」

二人は広彦を振り向いた。

「今夜はクリスマス・イヴだろう。心をこめて祈れば、もしかしたら願いが叶うかもしれないじゃないか」

「ちっとも知らなかった、広彦……」

かおる子が皮肉をこめた調子で言った。

「あなたってクリスチャンだったの？」

「そうじゃないけど……」

「苦しい時の神頼みってわけ。都合のいい時だけ神様を引っ張り出すなんて、滑稽よ。クリスマスなんてただのお祭り騒ぎ。このツリーだって単なる飾り物。イヴの夜の願い事だから叶うだなんて、子どもじみてるわ」

肩を落とした広彦の背後でイチェーレの声がした。

「俺は祈るよ」

イチェーレは縞子の話を思い出したのである。だが、そんなことは知らないかおる子は意地になって否定した。

「私は祈らない。信じないことはしない主義なの。たとえタダでも」

「一万円」

かおる子が広彦を振り向いた。

「一万円出す。本当だ」

「俺も出す」

イチェーレがにっこりと笑って言った。

「一緒に祈ろうよ、かおる子。『三本の矢』って、ことわざにもあるじゃないか。小鳥を助けたいだろう?」

「信じられない。あなたたち、どうかしちゃったの?」

「両手を組んで」

イチェーレが珍しく毅然として言った。

「静かにして目を閉じて。さあ、かおる子」

かおる子は呆れ顔で二人を見比べていたが、やがて降参というように両手を上げた。

「わかった。私も祈るわ。今だけ信じてね。でも忘れないで、結果がどうなっても、一万円はもらうわよ」

部屋が期待感のようなものでにわかに活気づいてきた。

「ありがとう、イチェーレ、かおる子。小鳥の癒しを心から願って。ぼくがいいと言うまで目を開けないで。いいね」

白一色の外の世界は静寂に満ちていた。しんしんと降り続ける雪。綴れ織りのカーテンが引かれた室内には、暖炉のはぜる音だけが響いている。

目を閉じ、両手を組んで一心に祈っているイチェーレとかおる子。小鳥を凝視し、意識を集中している広彦。三人の姿とクリスマスツリーが、壁に影絵となって映し出されていた。


どのくらいの時が過ぎたのだろう。

広彦の合図がいつまでたってもないので、イチェーレはそっと目を開けてみた。

「ごめん、イチェーレ」

目の前にあったのは沈鬱な広彦の表情だった。

「君の一万円はぼくが払うよ」

広彦が両手を差し出すと、小鳥はその手の中で死んでいた。


刻々と夜は更けゆき、家々の灯りが消えていった。木々は黒いシルエットと化し、降りしきる雪の中を銅版画のように佇んでいる。車の途絶えたオレンジロードに人影はなかった。深まりゆく聖夜の時を告げるかのような、おごそかな静寂。

毬香が超過勤務の仕事を終え、カナリィ館に帰り着いたのは深夜の二時過ぎだった。玄関の扉を開けると、リビングから出てきた広彦とばったりと出くわした。

「お帰り。ああ、これはね……何でもないんだ。べつに……深い意味はない。気にしないで」

両手で持っているトレイについての説明をしているらしい。水の入った小皿と生米《なまごめ》、小松菜と穀物の種子らしきものがのっている。

「もちろん、サンタクロースのおやつってわけじゃないよ。トナカイにやるわけでもない。なんてね……」

しどろもどろに言う広彦を、毬香は推し量るような表情でじっと見ていたが、やがて興味を失ったらしく、無言でリビングに入っていった。

広彦は階段を忍び足で一気に上がり、自室に着いて素早くドアを閉めた。

チェストのランプで琥珀色に染まった部屋は、深い森の奥のような清浄な雰囲気が漂っていた。

オーク材の本箱に横文字が綴られた背表紙の専門書が並んでいた。調べものをしていたらしく、机にノートやファイルの類い、装飾文字を施した分厚い注釈書が広げられている。

ベッドに向かって広彦が言った。

「お腹が空いただろう？」

降り続いていた雪が止み、闇のヴェールで覆われた空に星々がまたたき始めた。しかしそれもつかのまで、日の出前のかすかな明かりが徐々に空に色を授けていくと、星は少しずつ消えていった。

広彦の部屋の窓から何かが飛び立っていったのは明け方だった。

小さく高い声で、ツィー・チッと鳴きながら、それは薄紫の空の彼方に吸い込まれていった。

「回復にまる一晩かかってしまった」

薄明かりが射し始めた空に向かって、広彦が情けなさそうにつぶやいた。

「どうも彼のようにカッコよく決められない。まだまだ修行が足りないなあ」

振り向くと、ベッドの上に淡褐色の羽根が一枚落ちていた。広彦はそれを拾い上げ、木箱のオルゴールに入れた。

Nae . T

薔薇の家

人は誰もが孤独である。たとえば、喜びを分かち合ったり、悲しみを慰め合ったり、そういうことはある程度できるとしても、心の深い部分を理解し合うことは難しい。まして、その人が「普通の人」とは異なる場合、その孤独感は底なしの井戸のごとくに深い。

広彦がその家の前で足を止めたのは、薄暗がりに浮かぶ生け垣の薔薇が、幻想的な絵のように美しかったからである。

初夏の夕暮時のことだった。

職場帰りに気まぐれを起こして、いつもとは違う角を曲がり、ゆるやかな坂道を上っていくと、丘を拓いた高級住宅地に豪華な家々が建ち並んでいた。その中で広彦が足を止めたのは、特別に立派でも趣向をこらした家でもなく、地味で古風な造りの洋館だった。

洋館からはピアノの音が流れていた。

窓辺に近寄ると室内が垣間見え、ピアノを弾いている婦人の姿がランプの灯りに照らし出されていた。蔓を伸ばした出窓の薔薇が、婦人の横顔を飾り物のように縁どっている。柔らかく結い上げた髪の後れ毛が薔薇の蔓のようにカールして、白いうなじに落ちていた。

婦人が弾いているのは優雅で軽やかな曲だった。まるで舞踏会で奏でられるワルツのような。立ち止まって耳を傾けていると、やがてその曲は終わり、楽譜が取り替えられた。次に流れてきたのは秋風のように寂しく、もの悲しい曲だった。切々としたその調べを聴いていると、まるでピアノの音が絵筆となって、辺りが塗り替えられていくかのように感じられた。たそがれのグレイから哀愁を帯びたブルーへ。出窓や生け垣の薔薇が青に染まっていく――。

じっと聴き入っていた広彦は、自分が孤独だと強く感じた。まるで見えない何者かに心探られ、見透かされているかのようだった。魂の深いところで何かが深く頷いているのを感じる。

突然、ピアノの音が止み、窓が開けられた。

「どなた？」

広彦はあわてて窓辺から離れた。小走りで去っていく背中に、婦人の声が追ってきた。

「あなたなの？」

その声は広彦の後方で、深く憧れをこめた調子で繰り返された。

「あなたなの？」

広彦が再びそこを訪れたのは、数日後のうららかな午後だった。その家に磁石のように引きつけられるのを感じていたし、職場帰りに遠回りをしてそこを訪れるのはたやすいことであった。しかしあえてそうしなかったのは、あの夕べの出来事が、どこか不確かで、現実離れしており、この世のことではないような気がしていたからだった。

あれは夢ではなかったか？　はたして薔薇に囲まれたあの家は本当に存在するのか？　行ってみると幻のように消えているのではないだろうか。

しかし坂道を上っていくと、贅を尽くした屋敷の並びに、明るい陽に包まれて、あの家は確かにあった。つましく楚々とした姿で。生け垣の薔薇だけが、羽衣をまとったような優美な彩りを家に与えている。

門の表札に「檜口《ひぐち》」とあり、「ピアノ教えます」の札がかかっていた。玄関の扉が開いていて、その横に「オープン・ハウスの日です。どなたでもご自由にお入りください」と立て札がある。

広彦が家の前にたたずんでいると、あの時の婦人が玄関に現われた。

「どうぞ、お入りになって」

「ただの通りすがりです。生け垣の薔薇が綺麗なので……」

「お帰りの時に切って差し上げますわ。さあ、ご遠慮なく」

ためらいながらも入っていくと、吹き抜けの明るい洋間に通された。婦人がピアノを弾いていた通りに面したあの部屋だ。南向きの掃き出し窓が開け放されていて、テラスの寝椅子で日光浴をしている人の姿が見えた。

「雅夫さん、良かったわね。お客さまがみえたわ」

寝椅子の若い男性が普通の状態でないことは一目見てわかった。平坦な表情。焦点の定まらない眼。ゆるんだ口元。フランネルの服から小枝のような手足が弱々しく伸びている。

「息子の雅夫です。オープン・ハウスは息子のために開いておりますの。二人暮らしで寂しくしているものですから。お客さまをお迎えするのは久しぶりです。本当によくいらしてくださいました」

広彦の訪問を婦人は心から喜んでいるようだった。

ソファーの長椅子に落ち着き、珍しいお菓子とお茶で丁重にもてなされた広彦は、婦人の語る昔話に行儀よく耳を傾けた。

それは雅夫の物語だった。

小さなヴァイオリンを左手にかまえ、右手で弓を弾くポーズをした幼い雅夫の写真。お河童頭に半ズボン姿、純白のタキシードに黒い蝶ネクタイ、黒いズボンの正装で、ヴァイオリンをかまえている少年時代の写真もある。これらを懐かしそうに手にしながら、婦人は淡々と語った。

ヴァイオリニストだった父親の指導で、雅夫は五歳からヴァイオリンを始めた。初リサイタルは七歳の時。パガニーニの協奏曲を楽々と弾きこなし、周囲から神童と騒がれた。十二歳で自作のヴァイオリン協奏曲を発表。オペラやソナタの作曲も始める。その天才的な才能が認められ、アメリカのジュリアード音楽院に無試験で入学を許可されたのは十四歳の時だった。日本中の期待を一身に担い、世界一のヴァイオリニストを目指して、雅夫は単身アメリカに渡る。

しかしそこで雅夫を待っていたのは、英語習得の困難さと、人種差別による屈辱、過酷な練習だった。悩みを打ち明ける友人もなく、孤独な雅夫は、アメリカの生活に適応できないまま、渡米して二年後に服毒自殺をはかる。これは未遂に終わったが、この時に発見が遅れたために脳に重度の障害を負ってしまった。人間を人間たらしめている大脳皮質が損傷してしまったのだった。

　こうして雅夫はわずか十六歳の身で、廃人となって日本に無念の帰国をする。

　それから十年の歳月が過ぎていた。

「夫は雅夫さんが帰ってきた翌年に病気で亡くなりました。雅夫のヴァイオリンをもう一度聴きたい。それが夫の口ぐせでしたわ」

　思い出したように婦人は涙ぐんだが、すぐに笑顔に戻って言った。

「人様は同情してくださいますが、そんなに不幸ではありませんの。雅夫さんがアメリカに行っていた時の離れ離れの苦しみを思えば、こんな身体でも、帰ってきてくれた喜びの方が大きいのです。雅夫さんは今はここにいて、十分世話をしてあげられます。わたくしを見て笑ってくれるし、手も強く握りかえしてくれるんです」

　陽が翳ってきた。

　婦人はテラスに行って、寝椅子の息子に優しく話しかけ、彼を抱きかかえて、立ち上がらせた。両足の甲に息子の足をのせて、一歩一歩室内に導いていく。車椅子に座らせると、雅夫は広彦に穏やかな笑顔を向けた。

「お茶をもう一杯いかが？」

「十分いただきました」

広彦は立ち上がって礼をした。

「長居をしてしまいました。そろそろ失礼します」

「またいらしてくださいね」

「オープン・ハウスは今度いつですか？」

「あなたがいらっしゃりたい時が我が家のオープン・ハウスですわ。いつでもいらしてくださいまし」

玄関まで見送ってくれた婦人に、広彦は思い切って尋ねた。

「本当に、不幸ではないのですか？　雅夫さんがあんな体になってしまって、悔しくはないのですか？」

婦人はひっそりとほほえんだ。

「すべては運命だと受けとめています。でも、もし願いが叶うなら、わたくしも夫と同じです。雅夫さんのヴァイオリンをもう一度聴きたい。それだけがわたくしの願いです」

カナリィ館の広彦の部屋の机には、婦人が切って持たせてくれた生け垣の薔薇が飾ってあった。その薔薇を見つめながら、広彦は婦人の言葉に思いをはせていた。

――雅夫さんのヴァイオリンをもう一度聴きたい。それだけがわたくしの願いです。

なんと切なくも悲しい言葉だろう。

広彦は沈鬱な眼をしてため息をついた。

あの人は不幸ではないと言ったけれど、やはり、あまりに痛ましい。あれほどの才能に恵まれながら……むごい話だ。

広彦は深い悩みの中にあった。あるいは彼が「普通の人」ならば、これほどに思い悩むことはもちろんなかっただろう。しかし、広彦には特殊な能力があり、しかも彼は心優しい人間だった。彼が悩んでいるのは、その能力が未熟で、確立されておらず、ある場合は失敗に終わることを知っていたからである。

特殊な能力を持っている人間――世に言う超能力者――は、世界に少なからず存在する。が、その能力のレベルや種類は千差万別で、決して十把一絡げにできるものではなかった。人差し指一本で楽々と自動車を動かせるイージーな超能力者がいる一方で、体力と気力が伴わないではカードの数字すら言い当てられないナーバスな超能力者もいる。大脳皮質が壊れてしまった廃人を癒すには、おそらく相当なエネルギーと集中力とが必要とされることだろう。ナーバス派の自分にそんな力があるとは、広彦には思えなかった。

それに、ここが最も肝心なところなのだが、広彦は超能力を使うのをやめようと決心したところだったのだ。

自分の特殊な能力に気づいて以来、広彦はいつも孤独だった。どこにいても、誰といても、「普通の人」ではない自分を意識してしまうのである。そのために周囲に打ち解けられず、正体がバレないかといつもビクビクしていた。それは彼を内気にさせ、臆病にさせた。人づきあいの悪い変り者という印象を、相手に与える人間にしてしまった。

――こんな能力に何の意味があるのだろう?

広彦はいつも自分に問いかけていた。

皿を浮かせたって、鉄柱を曲げたって、それが何になるだろう? 誰も知らない。誰にも感謝されない。それどころかひとつ間違えば、人を傷つけることだってありうるのだ。

ほかの超能力者に会ってみたいと思ったが、そんな出会いは今までなかった。書物の中に登場する超能力者だけが広彦の友であり、心の拠り所であった。

広彦は周囲から孤立していた。いつも寂しく、孤独だった。心を開いて語り合える友だちがほしかった。彼は普通の人になりたかったのである。

だからある時、広彦は超能力者であることを放棄しようと決心した。超能力を使うことをもうやめよう。それに関する本も資料も捨て去ろう。普通の人間になるのだ。超能力なんて信じない人間に。超能力なんか存在しないと笑っている、かおる子のような人間に。

広彦があの夕べ、職場帰りに気まぐれを起こして、いつもとは違う角を曲がり、薔薇の家へと続くゆるやかな坂道を上っていったのは、そんな矢先のことだったのである。


雨脚の強い宵のことだった。

その日、いったんカナリィ館に帰り着いた広彦は、部屋に入ってもどうにも落ち着かず、夕食を終えた後、傘をさして再び外に出た。

そうと心を定めたのではなかった。が、自分がどこに向かうかはわかっていた。

激しい雨の中を坂道をたどり、生け垣の薔薇の前に立つと、まるで広彦が訪れるのがわかっていたかのように、玄関の扉が開いて婦人が姿を現わした。

「いらしてくださったのね」

「突然に、こんな夜にお邪魔して、申し訳ありません」

「ご心配なさらないで。どうぞ、お入りになって」

玄関はランプの灯りで橙色に照らされていた。小机のろうそくに火がともり、廊下の壁に広彦の影を作っている。

部屋に入っていくと、広彦の気配を感じたのか、寝椅子で眠っていた雅夫が眼を開けた。

「雅夫さん、良かったわね。お友だちがみえたわ」

広彦が差し出した手を、雅夫は嬉しそうににぎりしめた。

「とうとうこの日がきたのですね。ずっと待っていました。長い間、あなたを」

謎のような婦人の言葉に、広彦は雅夫に手をにぎられたままふり向いた。

「わたくしにはわかっています。この間、おみえになった時からわかっていたのです。あなたこそわたくしが待っていた方。わたくしの祈りのこたえであることが」

「何をおっしゃっているのか……」

「あなたは雅夫さんを治すことがおできになる」

広彦は婦人を探るようにじっと見た。

「雅夫さんが車椅子に移るのを手伝ってくださる？」

婦人の優雅なほほえみには、あらがいがたい力があった。広彦は雅夫を抱き起こし、この前の婦人のやり方を思い出して、自分の右足の甲に雅夫の左足を、左足の甲にその右足をのせた。そしてゆっくりと歩き始めた。

右足を一歩、左足を一歩。抱きかかえて歩くと雅夫の体温が伝わってきた。すると、雅夫の悲しみもまた伝わってくるようであった。

脳が壊され、人間としての能力を失ってしまった雅夫。特殊な力が与えられ、孤独感に苦しむ広彦。この時、広彦ははっきりと悟った。雅夫は失うことで、広彦は与えられたことで、特別の人間になってしまった。二人は同じ種類の人間なのだ。

降りしきる雨が、開幕を告げるベルの音のようにひときわ激しく窓を叩き始めた。

もう迷いはなかった。

それを行なうしかなかった。

――すべては運命だと受けとめています。でも、もし願いが叶うなら、わたくしも夫と同じです。雅夫さんのヴァイオリンをもう一度聴きたい。それだけがわたくしの願いです。

広彦は確信した。

――これは運命なのだ。

雅夫を車椅子に座らせると、広彦は静かに婦人に告げた。

「雅夫さんと二人にしてください」

それから二週間後の夕方――。

広彦がいつもの坂道を上っていくと、どこかからヴァイオリンの音が聞こえてきた。

広彦の胸は高鳴った。

雅夫の回復は遅々としたものであった。自力で立ち上がるのに何日もかかったし、歩けるようになるのにはその倍の日数を要した。人間としての感性を取り戻すのも少しずつで、昨日になってようやく顔に表情が現われてきたという段階だった。

ついに雅夫は治ったのか？　ヴァイオリンが弾けるようになったのだろうか？

歩みが進むにつれ、ヴァイオリンの音はしだいに大きくなっていく。それが檜口家から聞こえてくることは、もはや間違いのない事実であった。

――とうとうこの日が来たのだ。

広彦の心は歓喜に満たされていた。

婦人はどんなに喜んでいることだろう。

薄暗がりに生け垣の薔薇が幻のように浮かび上がっていた。雅夫を一目見ようと、はやる心を抑えて広彦は窓辺に近寄った。

ランプの灯りのもとに、ヴァイオリンを手にした雅夫の姿が照らし出されていた。椅子に腰かけた婦人は至福の表情をたたえ、息子の指使いを眼で追っている。

その指から奏でられているのは天上の音楽だった。明るく慰撫に満ちた透明な音。まるで天から舞い降りた金色の鳥が歓びのさえずりをしているかのような。その調べには音楽の歓びが溢れていた。

出窓の薔薇に縁取られた二人の姿は、完成された芸術作品そのものであった。それはヴァイオリニストとその母親の肖像画のようであり、崇高な母子像のようだった。感動的な映画の一場面であり、舞台のクライマックスだった。

――何びとたりとも入っていくのはためらわれる、二人だけの世界。

広彦は窓辺から離れ去り、檜口家を後にした。そして幸福感に酔いしれながら坂道を下っていった。

翌日の休日、昼食を終えた広彦は浮き立つ心でカナリィ館を出た。

彼の心を映しているかのように、見上げた空の色はどこまでも青く、頬を撫でる風は軽やかだった。

なじみの角を曲がり、いつものようにゆるやかな坂道を上っていく。すると、広彦は奇妙なことに気がついた。どこまで行っても檜口家にたどり着けないのだ。こんな遠くはなかったはずと、いぶかしく思いながら歩き続けていると、とうとう坂道を上りきってしまった。

引き返して一軒一軒を丹念に見て回る。しかし、どこにもあのつましい古風な洋館は見当らなかった。生け垣の薔薇に目を引かれていたので、隣近所にどんな家があったか定かでない。この辺りだと見当をつけて探し回るのだが、どうしても見つけられない。まるで初めての通りを歩いているかのようだった。

不思議に思いながらも、ついにあきらめて、広彦はもと来た道を帰っていった。

そして数日を経た夜――。

職場仲間と行ったレストランで、ベンチ席に座った広彦は、向かいの壁の写真に釘づけになった。

「まあ、綺麗な薔薇！」

女の子の一人がそのパネルの写真を見て感嘆の声を上げている。

「古風な洋館ね。誰の家かしら？」

注文をとりに来たウエイトレスが教えてくれた。

「有名な音楽家のお宅だったそうですよ」

「檜口雅夫だよ」

仲間うちの一人のクラシック通が説明を始めた。

「終戦直後のことだけど、当時の日本に燦然と輝いた星。悲劇の神童と呼ばれたヴァイオリニストの家なんだ」

「どうして悲劇なの？」

「彼は十四歳でアメリカに留学したんだけど、その時代、アメリカに留学するのは大変なことだったんだよ。戦後すぐで敵国という思いがまだ残っていたし、十四歳なんてまだ子どもだろ。両親は行かせたくなかったらしいよ。だけど、雅夫の才能に惚れ込んだアメリカ側の強い要望があって、無試験でジュリアードの入学が許可され、国をあげて応援という形になってしまったんだ。大変名誉なことだし、辞退できる雰囲気じゃなかったんだね、きっと。それで留学したんだが、両親の心配は的中してしまった。雅夫はアメリカの生活に適応できず、精神を病んでいったんだ。アメリカから送られてきた息子の演奏テープを聴いた両親は、そのことにいち早く気づいたらしい。汚れなき明るい音色と言われていたヴァイオリンの音が、暗く陰鬱になっていたからね。両親は息子を帰国させてくれるようにと願ったが、アメリカ側は問題ないと言ってこの願いを斥けた。その後も何度も両親は息子を帰してくれるようにと切望したんだけど、この願いは聞き届けられなかったんだな。結局、雅夫は自殺未遂をして脳をやられ、日本に帰された。まだ十六の身で廃人となってしまってから送り返されたんだよ」

「可哀想に……」

「そのあとは、ずっとこの街のその家で、親に介護されながら暮らしたということだよ。父親はヴァイオリン教師で、母親もピアノ教師をしていたんだ。家の前を通ると、いつも何かしら音楽が聞こえてきたそうだよ」

「この家、今もあるかしら?」

「昔の話だから、どうかな」

「でもあるような気がするわ。綺麗な薔薇が咲いていて、音楽が聞こえてくる家が」

「この写真を見ていると、ホントそんな気がしてくるね」

「もしかしたら彼はもうすっかりよくなっていて、そこでヴァイオリンを弾いているかもしれないわね。薔薇の咲いている家で、いつまでも、いつまでも、永遠に……」

広彦は生け垣の薔薇を見つめた。

――とうとうこの日がきたのですね。ずっと待っていました。長い間、あなたを。

「そうだったのか……」

驚きに包まれながらも、広彦は心の中でそう言い、深く頷いていた。

――わたくしにはわかっています。この間おみえになった時からわかっていたのです。あなたこそわたくしが待っていた方。わたくしの祈りのこたえであることが。

この言葉の真実の意味を今こそ悟った広彦は、使命を果たした充足感に満たされて、目を閉じた。

するとどこかからヴァイオリンの音が聞こえてきた。

汚れなく明るい、金色の鳥が舞い降りたような、輝ける音色。

それは天上の音楽だった。

広彦はじっとその調べに耳を傾けた。

Nae . T

芙《ふ》家《け》教授のひそかな悩み

人はさまざまなコンプレックスを抱いて生きている。性格、学歴、生い立ち、果ては言葉遣い、歩き方、鉛筆の握り方に至るまで。中でも最大のものはもちろん容姿である。なぜ、「もちろん」という言葉をわざわざつけたかというと、自分の容姿にコンプレックスを抱かない人間はほとんどいないからである。

しかし芙家教授は、その「ほとんどいない」の中のひとりであった。えらの張った輪郭の中にある濃い眉は精悍、鋭い眼は知性をたたえ、鼻柱の太い鷲鼻は堂々としていて重々しく、薄い一文字の唇は品格を漂わせている——と、哲学を専門とする大学教授にふさわしく、我が容貌はインテリゲンチャな威厳に満ちていると、信じていたからである。

事実は、人を小馬鹿にして「ハン?」と疑問詞を発した時や、いかにも相手を見下したかのように「フン」と鼻を鳴らして顔を斜め上にした時など、「哲学的」なこの顔の造作が驚くほどの効力を発揮して、相手に不快な感情を起こさせることがしばしばであったのだが、そのことに本人は全然気づいていなかった。

彼にとって、胴の長さからいって誰が見てもアンバランスな足の短さのことなど、全く意に介するものではなく、中背さえ、大男は間抜けだと決め込んでいるので背の高い者をうらやむこともない。しいて気にしていることといえば、最近になって薄くなり始めた頭髪と、せり出した腹だったが、この悩みも、とある大学の昼休み、食堂で耳にした女子学生たちの次のような会話によって一掃された。

その時、彼女たちは八人ほどのグループでランチをとりながら、中年男の腹が出ているのとハゲているのと、どっちが許せるかというテーマで盛り上がっていた。

腹が出ている方が許せるという意見に、

「努力すればひっこむかもしれないものね」

と、賛同者が出たが、すかさず、

「ひっこまなかったらどうするの」

と、ちゃちゃが入る。しかし、

「髪が生えてくる可能性ってある？」

という強力な巻返しに、悲しくも反論する者とて誰もない。答えの出ないお喋りはガチョウの悲鳴のようにかしましく、とどまることを知らなかった。

後ろの席で彼女たちのお喋りを聞きながら、沈んだ気持ちで教授はおかわりのコーヒー

を飲み干し、トレイを持って立ち上がろうとした。と、その時、

「声」

と奇跡のような言葉が聞こえてきたのである。

「声？」

「私、男性に魅かれる一番の決めてってね、声なの。だから、お腹が出てるとか、髪の毛があるとかないとか、それは関係なし」

教授は浮いた腰を再び静かに椅子に沈めた。

「そういえば、そうねえ」

「わかる気がする」

「容姿は誰だって年とともにいつか衰えていくでしょう。でも、声って変わらないじゃない。音楽を聴いているみたいに、素敵な声の男性がそばにいたら、私、それだけで幸せだなあ」

これを聞いて教授は、思い残すことはないと、勝利の笑みとともにトレイを手に立ち上がった。声には自信があったのだ。

では、芙家教授には何のコンプレックスもないかというと、そうではなかった。彼は人知れず、しかも半世紀以上の長きに亘って、あるコンプレックスを抱えていたのだ。それもかなり深刻な——。

*

芙家教授の名前はヨシユミ、字は佳弓と書く。

忘れもしない、彼が幼少のみぎりの出来事である。漢字を覚えたての隣の席の女の子が、さかしげに級友たちの前でその博学ぶりを披露していた。

「芙家君の名前ってカユミとも読めるのよ。上から読むとフケ・カユミ」

まるで一大発見でもしたかのように、一重の目をニクロム線のごとくに細めて笑った得意げなその子の顔は、終生忘れられない。

当時、テレビでは「フケカユミに——」とシャンプーのCMが盛んに流れていた。以来、彼にはそのシャンプー名があだ名となった。

烈火のごとく燃える眼に悔し涙をため、怒りで鼻の穴をこれ以上できないというほどにふくらませて、名づけた両親に抗議をしたが、そうと知った二人は大笑いをした挙げ句、

「ちっとも気づかなかった」で片付けてしまった。

以後、彼はこの名前をどれほど恥ずかしく思ったことか。

改姓しようか、養子に行こうか、漢字を使わない西洋で暮らそうかと、長い間本気で悩んだものである。高校生となった彼が、カミュを愛読し、ボーヴォワールに惹かれ、サルトルに心酔していったのは、人生の不条理をその幼き身で味わい知ったからにほかならなかった。

＊

だから芙家教授は、いま真剣にうろたえていたのだ。あの女性にだけは知られたくない、と——。

教授がその女性と知り合ったのは、彼が教鞭をとっている欧亜大学の裏手にある小高い丘の上だった。

そこは山を切り開いた新興住宅街の一角で、麓からゆるやかな坂道に沿って小綺麗な住宅が建ち並び、丘の頂は広場になっていて、大学からは人ひとりが通れるほどの小道が通じていた。

天気の良い日、授業の合間に教授はその小道をたどって丘に上り、広場に設置してあるベンチのひとつに席をとって読書をするのを常としていた。

ベンチで編み物をしているその女性を見かけるようになったのは、いつの頃からだったろう。年の頃はおそらく教授と同世代。彼女の挨拶に返事をしたのがきっかけで話をするようになったのだが、互いに名乗り合ったことはなく、出会って半月が過ぎようとしていた。

しかし、ある日、突然、彼女が「私、波子と言いますの」と名乗ったのだ。

予期せぬ不意打ちに立ち直れない教授は、観念して、

「そうですか、ぼくの名は……」

答えかけたその時、不思議な言葉を聞いた。

「あなたをマモルさんってお呼びしてもいいかしら?」

聞けば、マモルさんは彼女の初恋の人で、鈴木守というその男性に、芙家教授はそっくりなのだという。戸惑いながらも教授は、名乗らなくともよくなった安堵感に、この申し出に頷いていた。

以来、波子の前では教授は「マモルさん」となったのである。

Nae . T

二人が会うのは丘の上の広場。ベンチで語らうだけの仲。だが、教授は幸せだった。彼女から「マモルさん」と呼びかけられるたびに、まるで焼きたてのホットケーキにのったバターのごとく、心が柔らかくなった。蜜なる彼女の声がかかると、コンプレックスという固まりが溶けていくようであった。

広場にはときおり小道を上って学生や大学関係者がやって来たから、この状態を維持するためには細心の注意を払わねばならなかった。が、そうと気づかれても会釈程度で、教授に話しかける物好きはいなかったから、平穏なうちに二人の逢瀬は重ねられていった。

しかし、落とし穴は意外な場所で、大きく口を開けて彼を待っていたのだ。

十一月最初の金曜日。芙家教授が住むカナリィ館ではイチェーレの編み物教室が始まる時刻を迎えていた。午後からの授業しかない教授は、金曜日はいつも朝寝を楽しんでいる。

午前十時五分前。寝坊した眼をこすりながら、教授が窓のカーテンを開けると、馴染みの婦人たちがこちらをめざしてやって来るのが見えた。その中に、見覚えのある煉瓦色の服を着た波子の姿を認め、教授は愕然とした。

——そういえば、イチェーレが今月から生徒がひとり増えると言ってたっけ。

しかし、今頃、そんなことを思い出してもあとの祭りだった。自分の迂闊さを呪いながら、教授は頭を抱え込んでしまった。なぜなら玄関に行くには、どうしても編み物教室が開かれているリビングの扉の前を通らなければならないが、その二枚扉のはめ込みガラスからは、透かしてこちらが見えるのだ。

波子に見られたが最後、いや、生徒の一人にでも見つかれば結果は同じこと。その婦人は新参者である波子に向かって、「いま出ていったの、欧亜大学の教授よ」と、先輩顔で教えるに違いない。そして、思わせぶりにほかの仲間と目配せし、笑いをこらえるために口に手をあてて、言うのだ。

「あの人の冗談みたいな名前、教えてあげましょうか？」と——。

それから二時間、教授は何とかして見つからずに玄関を出るべく、必死の形相で努力をした。要するにタイミングの問題なのだと、抜き足差し足で階下に降りていくのだが、なぜかその時にかぎって、まるで待っていたように、誰かがトイレに行くためにリビングの扉を開けるのだ。おかげでそのたびにあわてて部屋に駆け上がっていくという醜態を、教授は七回も演じることとなった。

一度誰にも見られずに扉の前を通過できたのだが、鞄を忘れたことに気づき、引き返すはめとなった。しかもその際、もう一度扉の前を通過するタイミングを見計らうのに、二十一分間も玄関脇のコート掛けの壁に張りついていなければならなかったのである。疲れ果てた教授は、館の女性住人に成り済まし、女装して通ろうかとまで捨て鉢な気分で考えたが、バレた時の恥ずかしさをかんがみ、思いとどまった。

出勤のための制限時刻は刻々と迫ってきている。七転八倒の苦しみの挙げ句、仕方なく午後の授業は休講にすることとし、編み物教室が終わる夕刻まで、彼は自室に缶詰となって過ごしたのだった。

以後、教授の金曜日の朝寝の楽しみはなくなってしまった。

ある日、それとなくイチェーレから波子のことを聞き出した教授は、彼女がクリスマスまでにセーターを一着仕上げるつもりでいることを知った。もともと編み物が好きな彼女は、帽子にマフラー、手袋にセーターと、今までもさまざまな作品を創り出してきたが、北欧の輸入毛糸を使っての編み込み模様というのは経験がなく、新しいことに挑戦すべく教室の門を叩いたそうだ。イチェーレの編み物教室は、落葉シティでは知る人ぞ知る、その道では有名な存在だったのだ。

「そのセーター、大切な人に贈りたいんだって」

波子の夫は数年前に亡くなったと知っていたが、聞き捨てならぬ言葉に、教授はイチェーレに、「夫へのクリスマスプレゼントだろうね、きっと」とカマをかけてみた。

しかし、イチェーレは「さあね」と気のない返事。

「女物?」と、教授が再びカマをかけると、のどかな声が返ってきた。

「男物だよ。彼女がデザインしたユニークなパターンでね、贈る相手のイニシャルが総模様で編み込んであるんだ」

期待感が盛り上がってきた教授は、声がふるえることを恐れて、握った拳の内側に爪をしっかりと食い込ませてから尋ねた。

「どんなイニシャルかね?」

望んでいた言葉が返ってきた。

「M・S」

ああ、それなのに……。

街路樹の葉が落ち尽くし、丘から見下ろす街並みが色のない風景画のように広がった初冬。冷たい風にさらされたベンチでの語らいに、教授が限界を覚え始めた頃、別れは突然にやってきたのだ。

「同居している娘の夫がニューヨークに転勤になりましたの。一緒に行こうと言ってくれましたので、わたくし、ついて行くことにしましたわ」

クリスマスには早いけれどと、赤いリボンをかけたプレゼントを手渡された教授は、切れ長の目を伏せた波子から、「別れの言葉」を告げられた。

「さようなら、マモルさん。あなたのことは忘れませんわ」

黒地に黄緑色でMとSを編み込んだセーター。遠ざかっていく波子の後ろ姿を見送りながら、教授は心に誓ったのだった。

――このセーターを一生の宝物にしよう。

＊

ここは欧亜大学の正門から徒歩で五分の「三日月丸」という学生アパート。

そのアパートの「岬賢一」と表札のかかった八畳一間のワンルームで、波子は上機嫌でお気に入りの煉瓦色の服をスーツケースに詰め込んでいた。

「長い間、窮屈な思いをさせたけど、これでようやく家に帰れるわ。賢一のおかげよ。ありがとう」

「さんざん思わせぶりなことをして、ボルテージが上がったところで、グッドバイか。おばあちゃんもやるねえ」

冷蔵庫から牛乳を取り出してパックのまま飲み干した賢一は、ベッドに腰かけて長い足を組んだ。

「それにしても、近頃じゃ、芙家教授をカユミなんて誰も言わないんだよ。みんなプーコーって呼んでるんだ。大学でこの春、研修でタイを訪れたグループがいてね、そこの連中から聞いたんだけど、そこのカレイ族は日本人をプーコーって呼ぶんだそうだ。それで、みんなはてっきりプーコーって日本人っていう意味なんだって思ってたんだけど、違ったんだな、これが。その集落を訪れた初めての日本人がプーコーで、以来、カレイ族は日本人をプーコーって呼ぶようになった、と、これが真相。で、その言葉は芙家教授にこそふさわしいということで、帰国した彼らが広めたわけ」

「それでプーコーって、どんな意味なの？」

「短足」

波子は涙が出るほど笑いに笑った。その後、晴れ晴れとした表情でスーツケースの蓋を閉めて言った。

「芙家君って、昔からうぬぼれが強くてね、理屈っぽくて、我慢がならないほどの皮肉屋で、おまけに信じられないくらい性格がひねくれてるの。芙家君がまっすぐなのは、臨終時の心電図みたいな一直線に切りそろえた前髪だけだったけど、いまとなってはその前髪さえなくなってるんだから、お気の毒としか言いようがないわ」

「いつも感心するんだけど、大昔のことを、ホントよく覚えてるね」

「忘れるものですか。ニクロム線、ニクロム線って、小学校の頃、どんなにいじめられたことか。それが賢一の大学の教授だなんてね。ここで会ったが百年目よ」

「それで、積年の怨みは晴らせた？」

「セーターに思いの丈を編み込んでやったわ、M・Sって」

「マモル・スズキ？」

一重の目を妖しく細めて、波子がにっこりとほほえんだ。

「M・Sは、フケ・カユミにきくシャンプーの名よ」

更年期は幸年期

更年期は幸年期

瑛子《えいこ》は四月で五十歳を迎えた。「人生五十年」とまでは言わないが、視力には自信があったのにいつのまにか新聞の字がかすんできたし、自慢だった黒髪には白髪が混ざり始めた。さすがに老いを感じる。加えて「あれ」「それ」と代名詞を使わなければ話せないし、人の名前を思い出せないのはしょっちゅう。洗濯機からは入れた覚えのない歯ブラシが出てくるし、冷蔵庫を開ければ財布と遭遇する。スーパーの駐輪場に停めたはずの自転車がなくなっていた時には、さすがにあわてたが、よくよく考えた結果、歩いて店に来たことを思い出し、自分の脳年齢に再びあわてた。

近頃では、動悸にめまい、頭痛にイライラ、わけもないのに悲しくなる。もしかしたらと思っていたところ、突然、カーッと顔が上気して大汗をかくという、いわゆる「のぼせ」「ほてり」症状が出現した。病院に行くと、年配の女医が「ホットフラッシュというんですよ」と漢方薬を処方してくれた。

更年期である。

そんな折も折、二階のベランダに干した布団が隣家の庭に落ちたので、フェンスを乗り越えて取りに行き、布団を背負って再びフェンスに足をかけたとたん、腰にきた。ゴールデンウィークの前日だった。楽しみにしていた家族旅行はこのためにキャンセル。ひたすら横になって過ごした一週間、瑛子は深く落ち込んだ。

女子高時代のクラスメイトの日奈子から電話がきたのは、そんな最中だった。卒業以来初めての同窓会の報せである。

「瑛ちゃんも絶対来てね」

久しぶりの友の声に、心弱っていた瑛子は懐かしさに涙ぐんだ。

「行きたいけど、この頃、欝でね……」

元気印の彼女にはわかってもらえないだろうと思っていたのに、意外な言葉が返ってきた。

「わかるわ。私もこのところ不眠に無気力、倦怠感。何も手につかなくて。だから、この同窓会を思いついたの。この年頃、多少の差はあっても誰でもみんなそうなのよ。一人で落ち込んでないで、出てらっしゃい。みんなでいれば更年期なんて恐くない。集団パワーで乗り切りましょうよ。知ってる？　更年期の更という字は、変えるとか改まるという意味なんですって。ひとつの季節が終わって、新しい季節が始まる。新しい自分と出会うのよ。そう考えたら、楽しくならない？　長くてもせいぜい五十五歳まで。いつまでも更年期が続くわけじゃないわ。ものは考えよう。一生に一度、みんなで更年期を楽しみましょうよ」

　欧亜大学の近くの居酒屋で開かれた「清蘭学園」の同窓会には、二十四人の乙女だった者たちが集まった。結婚や就職で故郷を離れた友だちもけっこういて、三十二年ぶりの再会に場は大いに盛り上がった。

　シミができ、シワが寄り、陸に上がったトド体形のあの友、この友。最初は誰かわからない人もいたが、すぐに互いを判別し合い、懐かしさに手を取り合った。グルメな料理に赤白ワイン。思い出話に花が咲く。

　こんなに笑ったのは何ヵ月ぶりだろうと、瑛子は幸福感に酔いしれた。

「更年期で悩んでたんだけど、思い切って来てよかったわ」

　瑛子の言葉に、

「私も」

「私も」

と同感の声が次々に上がった。

「でも更年期も悪いことばかりじゃないのよね」

こう前置きをして語り出した直美の話によると、更年期の鬱に苦しんだ彼女が、一念発起して病院へ行くと、担当医師が感じのいい中年男性だったとのこと。

「ステキな先生だなって、ボーッと見てたら、『脈が早いですね』って。それで手をとられているのを意識したら、もっとドキドキしてきちゃったの。そしたら『どうしたのかな、どんどん早くなっていきますよ』なんて言われて。もう恥ずかしくて。顔が真っ赤になってるのが自分でもわかったくらい」

一同から「キャー！」という羨ましそうな悲鳴が一斉に上がった。

「重症のホットフラッシュって診断されたでしょ？」

「いつまでもいつまでも脈をとっててくださいって頼んだ？」

からかいの声があちこちから飛ぶ。

「とにかく」

両手を上げて直美は皆の言葉を制した。

「その先生のおかげで病院通いが楽しみになったの。鬱もどっかにいっちゃったみたい」

「どっかにいっちゃったのに病院通いしてるの？」

「だって直美は熱ーいホットフラッシュだもんね」

「どこの病院？　私もそこにする」

「内緒」

「ずるい！」

女学生に戻った乙女たちのお喋りは尽きることがなかった。

＊

この同窓会がきっかけとなって、瑛子は昔の友と定期的に集まるようになった。名づけて「蘭の会」。

その日、一同は「イアン」でランチをとりながら、女子高時代の「憧れの人」の話で盛り上がっていた。女の園の「憧れの人」といえば、もちろん、宝塚の男役のような長身でスマートな「先輩」である。

「卓球部の森田先輩。汗にまみれた笑顔がたまらないのよね」

「バレー部の山上先輩。アタックを決めた時のカッコ良さったら」

「三田先輩に勝るものなし。ハスキーな声がキュートだったわ」

「肝心な人を忘れてない？」

皆を制するようにみゆきの声が上がった。

「なんてったって私たちの憧れのナンバーワンは、北原先輩だったでしょう」

そうだった。剣道部の北原涼子先輩。

一七二センチの長身に、細面のきりりとした顔。竹刀を片手に、颯爽と歩く姿が、五月の風のようにさわやかだった。

「全国大会に応援に行ったの覚えてる？」

「覚えてる。先輩、足を痛めていたのに出場したでしょう」

「顧問の先生にこっぴどく叱られたらしいよ。こんな大事な時に、たるんでるって」

「先輩の肩に優勝がかかってたものね」

「それにしてもあの時の応援は盛り上がったわね」

皆の話を耳にしながら、瑛子の脳裏にあの日の河原での情景が浮かび上がってきた。先輩が足を痛めた理由を、瑛子は知っていたのである。

その日、瑛子は自転車で土手の道を走っていた。すると、子猫が入ったダンボールが川を流れていくのが見えたのである。びっくりして自転車を止めると、誰かが川に入っていこうとしているのに気づいた。

子猫を助けようとしているらしい。

遠目だったが、清蘭の制服と背の高さで北原先輩だとわかった。

土手の上から先輩を見守る瑛子。

しばらく行くと先輩は立ち止まった。ぬかるみに足をとられたらしい。抜け出すのに苦労している。どうにか進んでいったが、ダンボールまでたどり着くのがまたひと苦労だった。

その時に足をどうかしたらしかった。子猫を抱えて河原に上がってきた時には、先輩はひどく足をひいていた。

「負けちゃったけど、先輩、すごい気迫だったわね」

「最後まであきらめないで、立派だったわ」

「みんなで流した無念の涙も、今となってはいい思い出ね」

誰かがしみじみとした調子でつぶやいた。

「北原先輩、どうしているかなあ」

二学年上だったから、今年で先輩は五十二歳。

はるか昔、この街でお嬢様学校として有名だった清蘭学園を卒業した女性は、卒業後、見合いをして結婚、というのがお決まりだった。

瑛子の時代になるとさすがに卒業後、どこかの短大か大学に進む者が大半だったが、そこを卒業後は、腰かけでしばらく勤めた後に寿退社、というのが通常パターン。

「五十二歳かあ。先輩もくたびれたおばさんになってたらどうしよう」

「北原先輩にかぎって、それはないわよ」

「誰か、先輩のその後を知らない？」

「東京の大学に進学したってことは聞いたけど……」

「たしか、法学部だったと思うわ」

「それじゃ、弁護士？」

「検事の可能性もあるわよ」

「裁判官になってたりして」

かかとの高いヒールにスーツ姿で、高層ビルを靴音を響かせながら歩く、北原先輩の凛とした姿を一同は想像した。

「うっとり……」

「先輩のイメージよね」

フォークを置いた日奈子が言った。

「いいこと思いついた。今度の蘭の会までに、北原先輩を含めた憧れの先輩たちのその後を調べて報告し合うっていうのはどう？　私たちの憧れの星が、いまもステキに輝いているか、興味あるでしょう？」

日奈子のこの提案は瑛子に活力を与えた。

漢方薬をのんでいるのに、ホットフラッシュは起こるし、動悸とめまいもなくならない。以前と変わらず、寝つきも悪いし、眠りも浅い。肩も凝る。

けれどイライラは前よりずっと少なくなったし、何より「蘭の会」に集い始めてから、鬱が解消された。集っている全員が更年期年齢。悩みも恐れも苦しみも、ともに分かち合える。日奈子の言った通りだった。みんなでいれば恐くない。ものは考えよう。更年期は幸年期なのだ。

それにしても先輩たちのその後である。

くじ引きの結果、幸運にも北原先輩の担当となった瑛子は、大はりきりで昔の名簿を探し出し、先輩の家に電話をしてみた。

「北原さんのお宅ですか？」

「さようでございます」

電話に出たのは先輩の兄嫁にあたるという人だった。

清蘭学園で後輩だったことを告げ、同窓会の名簿を作るので居場所を教えてほしいと丁重に頼むと、相手は戸惑った声で答えた。

「結婚して横浜に住んでおりましたが、離婚したあとは、たしか施設に入ったと思います」

「施設？」

「少々お待ちください。……ああ、ございました」

電話口から聞こえてきた施設の名前と電話番号を瑛子は書きとった。

「涼子さんは今もここにおられるでしょうか？」

「さあ……あまりつきあいがございませんもので……」

相手の口はなぜか重かった。何となく迷惑がっているようにも感じられる。

だが、瑛子は粘りに粘った。その結果、聞き出したところによると、先輩はアルコール依存症の矯正治療のため、その施設に入ったらしい。

施設に電話をして尋ねてみたが、プライバシー保護ということで、何も聞き出せず、八年前に治療を終了し、そこを退所したということしかわからなかった。

せっかく張り切っていたのに。

瑛子の心は、重く、沈んだ。

離婚。

アルコール中毒。

矯正施設の入所。

先輩にいったい何が起こったのだろう?

蘭の会から電話が入り、次の集いはいつもの「イアン」でなく、日奈子の自宅で行なわれることとなったという。

「どうしてなの?」

電話をかけてきた夏子に尋ねると、

「みんなに見せたいビデオがあるそうなの」

という返事。

「どんなビデオなの？」

「先輩が映ってるらしいわ」

「日奈ちゃんの担当の先輩って誰だった？」

「合唱部の川村先輩」

「あの綺麗な人」

「きっと女優さんにでもなったのよ」


蘭の会の当日。

日奈子の家で行なわれた「憧れの先輩たちのその後の報告会」は大盛り上がりだった。

それぞれの報告によると、先輩たちのほとんどは結婚していて、大学生や社会人の子どもがいた。中には孫が二人もいる先輩もいる。未婚の先輩は三人。ともにバリバリのキャリアウーマンで、ひとりは会社を経営しており、ひとりは歯科医。ひとりは大学教授となっていた。

「川村先輩が欧亜大学の教授だなんて、びっくり」

「遺伝子の分野では超一流らしいわよ」

「あとはとっておきの北原先輩だけね」

申し訳なさそうに瑛子が言った。

「みんなを幻滅させるようで言いにくいんだけど……」

こう前置きをして、先輩のその後を伝えると、一同は驚いたように顔を見合わせた。

「離婚は仕方ないとしても……」

「アルコール依存症？」

「あの北原先輩が？」

「信じられない……」

皆は力なくうつむいた。

ところがこのあと、「実は……」と日奈子が切り出したのである。

「私が担当だった川村先輩が北原先輩と親友でね。卒業後の北原先輩のことをいろいろ教えてもらったの」

日奈子の話が始まった。

北原先輩は東京の大学に進学したあと、学生結婚をして子どもを出産。育児のためにしばらく休学したが、夫はその間に司法試験に合格。卒業して弁護士となる。やがて先輩も大学に復学。子育てをしながら苦学の末に卒業。その後は司法試験合格を目指して、猛勉強する日々が続いていた――。

そんなある日、取り返しのつかない事故が起こってしまったのである。

勉強に疲れてうたた寝をしていた先輩が目を覚ますと、隣で寝ていたはずの子どもの姿がなかった。家中を捜したところ、子どもは風呂場で見つかった。浴槽の中で溺死していたのである。このことが原因で離婚。自分を責め続け、立ち直れない先輩はアルコールに溺れていく。

「矯正施設を紹介したのは川村先輩なの。その後も北原先輩が立ち直るために、川村先輩はいろいろと力になってあげたそうよ」

思いもかけない重い内容に、場はしばらくシンと静まり返ってしまった。

「子どもが亡くなったなんて。しかもそんな形で……」

「ショックだったでしょうね」

「それが原因で離婚だなんて……」

「お酒に走るの、無理ないわ」

「私だったら気が狂っちゃう」

「可哀想に。先輩……苦労したのね」

ひとしきりの声のあとで、瑛子が日奈子に尋ねた。

「先輩、立ち直れたの？」

日奈子は一冊の本を差し出した。

「これを見て」

それは『ゴンダールのやさしい光』という絵本だった。

黄色い帯にこう書いてある。

「飢餓を終わらせることができるとあなたは信じますか？世界では8億以上の人々が日々の食糧を十分に得られず、約2億人の子どもたちがお腹を空かしたまま夜眠りにつきます」

本を開くと、青い空と飛行機がやさしい色使いで描かれたページが現われた。その隣に、日本語と英語で次のように書かれていた。

アフリカは遠《とお》い空《そら》のかなた。
ぼくが知《し》っているエチオピアは
風《かぜ》のように走《はし》るマラソン選手《せんしゅ》が
つぎつぎと生《う》まれた国《くに》。
でも今《いま》は食《た》べ物《もの》がなくて
苦《くる》しんでいる人《ひと》たちがいっぱいだって。
ぼくにどんなことができるだろう？
なにか手伝《てつだ》うことってないだろうか？
そう思《おも》って出発《しゅっぱつ》した。
それがぼくのこの旅《たび》のはじまり。

本の表紙の内側に「日本国際飢餓対策機構」とあり、下にこう説明があった。

「非営利の民間援助協力団体（ＮＧＯ）。１９８１年ひとりの日本人がインドシナ難民救援から帰国したのを契機に始まる。国連諸機関、民間諸団体と協力し、アジア、アフリカ、中南米の開発途上にある約30カ国で、物心両面の飢餓対策にあたる」

アルコール依存症から立ち直った先輩は、施設を出所したあと、この活動に共鳴し、現在、別の団体の海外駐在スタッフの一員としてアフリカで暮らしているとのことだった。

「川村先輩が撮影したのよ。北原先輩を訪ねて去年アフリカに行ったんですって。このビデオはその時のものなの」

抜けるような青空のもと、一台のトラックにたくさんの人々が群がっていた。

荷台に五十二歳の先輩が映っていた。

ひっつめた髪に化粧っ気のない顔。とうもろこしとミルクの入った袋を人々に配っている。

画面を見つめていた皆の眼に涙が湧き上がってきた。

「先輩、変わらないね」

「うん……」

Nae . T

十八歳の先輩の姿がよみがえってきた。

竹刀をかまえて相手を見据えたまっすぐな眼。長い廊下を颯爽と歩く、さわやかな五月の風のような先輩。

ビデオは先輩の日常を撮影していた。

歯磨きをしている先輩。次はスタッフと体操をしている。子どもたちに勉強を教えている。子どもたちと戯れ合っている。一緒に折紙を折っている。笑いながら腕相撲をしている。

私たちの憧れの先輩は昔のままだった。あの頃と同じ。真剣で、ひたむきで、強く、そしてやさしい。

「なんだか嬉しいね」

「弁護士になってスーツで決めた先輩もステキだったろうけど、Tシャツにタンパン姿の今の先輩も、カッコいい」

「生き生きしてるね」

「子どもたちの笑顔がたまらないなあ」

「それにしてもアフリカよ。誰にでもできることじゃないわ」

「先輩を応援したいね」

「何か私たちにもできることない？」

見ると、絵本の巻末に次のような言葉が記してあった。

「この絵本は世界の飢餓の現状を伝えるために刊行されました。この絵本による収益の一部は日本国際飢餓対策機構を通じて、世界の飢えと貧困に苦しむ人びとの自立への努力を支援するための活動に使われます」

最後にキャンペーンの寄付の受付先が記してあった。

日奈子が提案した。

「この絵本、みんなで一冊ずつ買おうよ」

瑛子も言った。

「イアンでランチを食べたと思って、一食分寄付しない？」

北原先輩がカメラに向かって笑っている。

日焼けして、年をとり、少し痩せた。でもさわやかさはちっとも変わらない。あの頃と同じ、素敵な先輩の笑顔。

先輩、ありがとうございます。

瑛子は心の中でつぶやいた。

「私もがんばります。まずは更年期を笑いとばすことが当面の目標。私は平凡な主婦だけど、平凡なりに、先輩を見習って、一生懸命生きていきます」

涙のにじんだ眼で、瑛子は先輩に笑いかけた。

注　『ゴンダールのやさしい光』は、日本国際飢餓対策機構総主事だった神田英輔さんの体験を基に創られた絵本です。現在、神田さんは、『ＦＶＩ「声なき者の友」の輪』(http://www.karashi.net) で活動をされています。

中瀬助教授の加齢なる憂欝

大多数の人間は、平凡あるいはそれ以下の容姿ゆえに、美女やハンサムに憧れる。あるいは同じ理由で、彼らを妬む。しかし想像してごらんなさい。道を歩けば振り向かれるか、悪意ある視線を浴びせられるかする人生というものを――。

中瀬助教授は、長身、足長、もちろん二枚目。しかも超難関と言われる公認会計士の資格を学生時代に取得したという明晰な頭脳の持ち主で、花の独身。たくさんの女性を泣かせてきたというので、ついたあだ名が「女ナカセ」。経済学部の彼の講義は二百人収容の合同教室がいつも立ち見が出るほどの人気ぶりだった。

若い時代はそれでもよかった。が、三十代最後の年となって、彼はこんな日々に憂鬱を感じるようになったのだ。

どこへ行っても注目される。誰に恋をしても結ばれる。ゆえに自意識は肥大するばかり、失恋の痛みや苦しさを味わったこともない。年を重ねるごとにうまくなっていくのは、別れのタイミングの見極め方と、そのセリフばかり。

――なんと罪深いことだろう。

落葉の舞い始めた欧亜大学のキャンパスを、今日も彼は鬱々とした気分で歩いていた。

なぜこんな容姿に生まれついてしまったのだろう？

どうして平凡な人生を生きられないのだろう？

わたしは何のために生まれてきたのだろう？

彼の頭の中には、根源的な疑問が渦巻いていた。

来年には不惑を迎えるというのに、惑わぬどころか、これほどに思い乱れた、我が内面。

このままではいけない。

生き方を改めねばならない。

——でも、どうやって？

*

大学祭の出し物に経済学部の講師の一人を出場させようと学生たちが躍起になっているのを知ったのは、この後だった。

北白川十六夜《いざよい》、二十八歳。

華やかな名前とは正反対に、大変内気で、はにかみ屋で、授業では女学生と目を合わすことができず、「おはようございます」という挨拶の時、視線を逸らすために顔を四十五度斜め下に向ける仕草がかわいいと評判の人物だった。

この彼の得意技が、なんとバンジージャンプだというのだ。

そのことを知った学生たちは、ギャップの大きさがおもしろいと、彼を大学祭に担ぎ出そうともくろんだのだった。


バンジージャンプ。

それは太平洋に浮かぶペンテコスト島にその端を発する。狩猟と釣りで生計を立てている彼らは、スリルもまた日常生活の一部だった。足に結んだ一本の蔓だけを頼りに、高所から飛び降りるナゴール、すなわちバンジージャンプは、彼らにとって娯楽であり、男性が一人前であることを証明する儀式でもあったのだ。スリルを求めて見物にやって来た人々が口コミで伝え、バンジージャンプと名づけられた一九七〇年代からは島の名物となった。その後、金持ちの豪華クルーザーが息抜きに次々と立ち寄るようになり、現在、バンジージャンプはペンテコスト島の立派な観光資源となっている。

ペンテコスト島の一番高い足場は二十メートルがせいぜいだが、世界一、二位の高さはスイスのヴェルザスカというダム。谷底めがけて二百二十メートルを飛ぶ。〇〇７シリーズの映画『ゴールデンアイ』で、ジェームズ・ボンドが飛び降りたことで有名だ。エキセントリックなバンジージャンプは、いまでは度胸試しの定番として広く世界に知られている。

そのバンジージャンプを大学祭で行なおうというのだ。

――これだ！

それを聞いた瞬間、中瀬助教授は心の中で叫んでいた。

技もいらない。資格も不要。いるのはまっすぐな覚悟だけ。

飛ぶのだ。

憂欝な半生と決別して。

明日に向かって。

ジャンプ！

それからの中瀬助教授は何かに取り憑かれたかのようだった。

再三、北白川講師のもとを訪れて、自分も出場するから一緒に出よう、と、渋る彼を説得。晴れて承諾をもらった後では、学生たちとウキウキと準備にとりかかり、立て看板やチラシ作りの指揮をとり、参加者を募る仕事にいそしんだ。

バンジージャンプを行なう場所は、欧亜大学百周年記念事業の一環として、今年の夏に完成したばかりの欧亜ブリッジ。棟と棟をつなぐアーチの形をしたそのブリッジは、鉄でできており、地上まで百メートルの距離があった。


しかし数日が過ぎたある日、問題が起こった。

下見のために一人で欧亜ブリッジに立った中瀬助教授が、眼下を見下ろした途端、我に返ったのだ。

眼前は灰色のコンクリートの広場だった。失敗したらひとたまりもないだろう。

もし失敗しなくとも、大勢の見物人の前での、逆さの宙吊り。

自分がとんでもないことをしでかそうとしている事実に、ようやく彼は気づいた。

地上から吹き上げてくる強風が、中瀬助教授のコンクリートのように固まった顔を叩いていた。

彼は恐る恐る自らに問うた。

――わたしは、本当に、ここから、飛ぶのか?

Nae . T

＊

北白川十六夜は幸せだった。欧亜大学に職を得て一年半。ようやく自分の男らしさが証明できるのだ。

シャイな性格は生まれつき、色白で太れない体質が災いして、外見も——名は体を表すというお手本のごとく——蹴鞠《けまり》がせいぜいの「公家《くげ》」にしか見えなかったが、実はワイシャツの下に隠された彼の筋肉は引き締まって隆々としており、その精神は肉体と同様、マッチョだったのである。

しかも、ここが肝心なところだが、彼がバンジージャンプを引き受けたのは、度重なる中瀬助教授の説得が効を奏したのではなく、一人の女性への恋心によって、であった。

そのいきさつはこうである。

北白川講師が住んでいるアパートは大学から車で二十分の面影町にあった。そこは落葉シティの繁華街に近く、一人暮らしの彼は夕食をたいてい外で済ますのだが、その行きつけの店のひとつに「イアン」があった。

その夜、北白川講師はいつものようにカウンターの隅の席で夕食をとっていた。十時を過ぎた時刻で、外には閉店の札が下がり、窓際の席では五十代半ばのマスターが客の三人と話し込んでいた。

北白川講師の隣では、馴染み客から「ナナちゃん」と親しまれているウエイトレスが、サラリーマン風の客二人と、カウンターをはさんでお喋りに興じていた。

「欧亜大学の大学祭、もうすぐだね」

客のひとりが言うと、「あら、そうなんですか」とナナちゃんは答えて、「いつなんですか？　行きたいわ」と、後ろでソースの鍋をかき回しているシェフの毬香に同意を求めた。聞こえているのかいないのか、毬香はにこりともせず次の仕事にとりかかっている。

「来週の水曜日から一週間。出し物がおもしろいし、屋台もけっこういけるよ。オケのタコ焼き、これがタコが大きくて、うまくてね。オレたちOBで土日に手伝いに行くんだ」

「オケでタコ焼き作るんですか？」

「そう」

「初めて聞いたわ」

オケとはオーケストラの略だったが、桶と勘違いしているナナちゃんと、それに気づかぬ客たちとのトンチンカンなやりとりは、大爆笑とともに幕を閉じるまで二分続いた。

「それじゃあ、お二人とも何か楽器をされるんですか?」

真相を知ったナナちゃんの尊敬の念を含んだ質問に気をよくした二人の客は、「フルートを少し」「ぼくはチェロを」などと答えて、得意げにクラシック談議に花を咲かせ始めた。

北白川講師はその間に注文したスタッフド・フィッシュを黙々と平らげ、今は食後のコーヒーを飲んでいた。

ナナちゃんは年若く、顔もそこそこかわいかったので、ファンが多かった。しかしときおり、目をやる北白川講師の視線の先は、ナナちゃんの後ろに向けられていた。年も容姿もナナちゃんとは似ても似つかぬ、無口で無愛想なシェフの毬香だ。お喋りな女は苦手だった。毬香こそ北白川講師の恋の相手だったのである。

しかし内気な彼に告白する勇気はもとよりなく、今宵のようにときどき立ち寄ってディナーを食べるのがせいぜい。あとはカウンターでのこぼれ話を聞きながら、彼女のことをあれこれと想像するだけが精一杯だった。

だから彼が知っていることといえば、大島毬香という彼女の名と、その住居がカナリィ館というシェアハウスであるということだけ。

そのため、去年の冬、新参者として一人の青年がカナリィ館に入居したと聞いた時には、北白川講師は心中穏やかではいられなかった。この時ばかりはナナちゃんのお喋りと、詮索好きな馴染み客たちを頼もしく思ったものである。栗栖広彦なるこの青年に対する毬香の評を、彼はいつも耳をそばだてて聞いていたのであった。しかし答えはいつも素っ気ない「変り者です」と、「私と同じくらい無口です」の二つだけ。クリスマスの後になって「夜食に妙なものをとっています」という言葉が加わりはしたが、毬香がこの新参者に心惹かれているような気配はどこにも感じられなかった。

周囲の何ごとをも意に介せず、いつも黙って、料理、それもとびきりおいしい料理にいそしむ。彼女は孤高のシェフなのだ、と、北白川講師は感激を新たにした。彼はその恋心と同じくらいに、毬香の料理に心酔していたのである。

話を元に戻そう。

北白川講師が食後のコーヒーを飲み干し、お代わりをどうしようかと思案していた時、隣の席の会話の中に中瀬助教授の名前が上がった。そういえば中瀬助教授はオーケストラに所属していたのだ、と、思い出しながら空のカップをつかんでいると、こんな言葉が聞こえてきた。

「バンジージャンプをしたいって張り切ってるそうなんだけど、その何とかっていう講師が色良い返事をしないらしいんだ」

北白川講師は思わずカップを落としそうになった。

「どうして?」

「さあ?」

「得意技がバンジージャンプだっていうの、その講師のハッタリなんじゃない」

彼は憤りでぶるぶると震える思いがした。出場を断ったのは、大学祭に担ぎ出されるというのが性に合わなかったからで、他人にこんなことを言われる筋合いは毛頭ない。

「残念ね。おもしろそうなのに」

「ほかにもおもしろい出し物はあるよ」

「とにかく大学祭には行くわ。ね、毬香さん」

すると、ジャガ芋の皮をむきながら毬香がぽつりと答えたのだ。

「バンジージャンプがあるなら行ってもいいわ」

*

大学祭を二日後に控えた日曜日の午後。北白川講師がアパートの玄関を出ると、前の道を通りかかった中瀬助教授とバッタリと出くわした。

「偶然だねえ」

助教授は講師を見て目を細めた。

「北白川君、このアパートに住んでるの？　この辺りは便利でいいところだね。ところでそろそろお茶を、と思っているんだが、いい店知らないかな。君も一緒にどう？」

格別の用事もなかったので、講師は助教授を近くの喫茶店に案内し、お茶につきあった。そこで助教授は、世界の経済動向をテーマに一席ぶち、これからの日本経済の行方についての持論をとうとうと述べた。

「バンジージャンプのことだが」

別れ際にさりげなく彼は言った。

「気が進まなかったのに、無理強いして悪かったね」

「そんなことはありません」

「いまならやめられるよ。わたしが何とかするから。無理をしなくていいんだよ」

「大丈夫。やります」

助教授は力なく笑った。

「それはよかった」

「約束します」

「本当に？」


下弦の月が空に映える大学祭前夜——。人通りの絶えた面影町の路地に、犬の遠吠えが聞こえている。

北白川講師がアパートの部屋で一人深夜映画を楽しんでいる最中に、中瀬助教授が訪ねてきた。

「バンジージャンプを明日に控えて、君がさぞや緊張しているだろうと思って、陣中見舞いに来たんだよ」

部屋の灯りが点いていたとはいえ、今は夜中の二時である。酒に強い助教授の言葉にも態度にも乱れはなかったが、酔っているのは明白だった。テレビをあきらめて北白川講師は彼を中に入れた。

「大丈夫。わたしがついている。やめるなんてことは考えるんじゃないよ。やめるなんてとんでもない、とんでもないことだ」

差し出された水を一気に飲み干した助教授は、両手を上げる大げさなジェスチャーとともに「とんでもない」を連発した。

「わかるよ、北白川君、口に出さなくとも、君が何を考えているかは。そもそも君のその名前。知ってるかい、イザヨイというのは、ためらうという意味なんだって。十五夜より小一時間おそく、ためらいながら昇ってくる。ゆえに十六夜はためらいの月。だから君のことが、わたしは心配で心配で。いまなら間に合う。わたしが悪者にでも何でもなって、実行委員に頼んであげるから、本心を言ってくれ。恐いんだろう？　バンジージャンプ、やめたいんだろう？」

普段のクールな助教授らしからぬ、世話焼きな叔父さんのような口ぶりだ。頼み込んだ相手が今頃になって怖気づいてはいないか、よほど心配なのだろうと、北白川講師は助教授を哀れに思った。

「ぼくのことなら大丈夫ですよ」

助教授は顔を上げて講師をじっと見た。

「第一宣伝が行き届いて、バンジージャンプは今回の大学祭の一番の呼びものになっているんです。いまさらやめられるわけがありませんよ」

「そうだね」

声がどこかまだ心もとなげだ。助教授を安心せるために講師はきっぱりと言い切った。

「先生の名誉のために、どんなことがあっても飛んでみせます」

「そうなのか？」

「誓いますよ」

「ありがとう」

助教授がふらふらと立ち上がったので、車のキィをポケットに入れて講師は彼の腕を取った。

「家までお送りします。これで今夜はぐっすりお休みになれるでしょう？」

天気予報では雨となっていたのに、翌日の空は雲ひとつない快晴だった。

今日という日のために準備に明け暮れていた大学祭の実行委員たちは、ほっと胸を撫で下ろし、一時間後に迫った開催時刻に向かって、怠りなく最後の点検をしていた。しかし、そんな彼らにとって、一難去ってまた一難。予期せぬ一報が伝えられた。目玉のバンジージャンプに、危険だからという理由で待ったがかかったというのだ。

「取り止めになるらしいよ」

「どういうことなんだ？」

「後援会の大口寄付金者が圧力をかけてきたって」

「いったい誰よ？」

　怒りや嘆きの声とともに、彼らの間ではさまざまな憶測や噂が乱れ飛んだ。

「でも今頃になって、どうして？」

「わからないなあ」

　そんなこととは知らない中瀬助教授は、キャンパス内の落葉を敷き詰めた小道を、相も変わらぬ憂欝な面持ちでそぞろ歩いていた。いつもなら二日酔いの頭を抱えているはずだったが、あまりに飲み過ぎたためか、はたまた恐れで心がいっぱいなためか、一瞬の頭痛も感じなかった。それどころか飲んだこと自体、彼は覚えておらず、まして北白川講師のアパートを訪れたことなど、ぜんぜん記憶になかったのである。

　落葉を踏みながら向こうから北白川講師がやって来た。

「ここにいらしたんですか。みんなが先生を探していますよ。バンジージャンプが取り止めになったんです」

中瀬助教授は言葉の意味がよくわからないようだった。

「ぼくの母方の祖父は甘利陣五郎なんです」

それは日本の政治経済界ではあまねく知られた大物だった。中瀬助教授は鼻の詰まった猿のようにポカンと口を開けた。

実は、昨夜、助教授を送り届けた車の中で、助手席で寝入ってしまったその寝言を聞いた北白川講師は、彼がバンジージャンプをやめたがっているという本心を知ってしまったのである。

「いよいよとなって、恐くなったんです。それで祖父の力を借りました。ぼくは意気地なしの卑怯者です。お約束をやぶってしまい、申し訳ありませんでした」

真相を知った北白川講師が、夜が明けるまでの間に、どれほど思い悩み、どれほどの痛みをもってこの決断を下したかを、いまはくどくどとは述べまい。こうとなっては中瀬助教授のプライドを最後まで守りきることこそ我が務めと、マッチョな彼は使命感に燃えたのであった。

「そうだったのか……」

中瀬助教授の脳にようやくエンジンがかかってきた。

取り止めだって？

バンザイ！

夢のようだ。

助かった！

鬱々とした日々が一瞬で吹き飛んでいくのがわかった。彼の心は、まるで大学祭でバンジージャンプを見事やり遂げた後のように、晴れ晴れとしていた。

どうしよう。

こらえてもこらえても、笑いがこみ上げてくる。

しあわせだ。

しあわせすぎる！

「北白川君」

助教授は講師の手をとり、いかめしく言った。

「君を許すよ」

シンシア

「大志田さんのお名前って何ておっしゃるんですか？」

彼女にそう尋ねられた時、通りすがりの家の生け垣にはサンゴジュが繁っていた。ぼくは立ち止まって小枝を拾い上げ、サンゴジュの葉を一枚取ると、裏に小枝で「奉崇」と書いて、彼女に渡した。

「なんて読むんですか？」

「ともたか」

「この葉っぱ、字が書けるんですね」

「しばらくするとはっきり浮かび上がってきますよ」

葉を見つめた彼女は「まあ……」とつぶやくと、初夏の風のようにほほ笑んだ。

「本当だわ。マジックで書いたみたい」

親友の千葉の紹介で知り合った彼女は、長い髪とカールした睫毛、手入れの行き届いた爪をしていた。千葉はぼくと彼女を「お似合い」と評していたし、ぼくは彼女の地中海のような声と涼やかな笑顔が気に入った。

だが、出会って三ヵ月後にぼくたちは別れた。

いつものパターンの繰り返しである。誰とつきあってもぼくは長続きしたためしがない。

「どうしてなんだ?」

ため息をつくぼくに、千葉が呆れ顔で応えた。

「オレに聞くなよな。あの子のどこが悪かったわけ?」

「悪いとか、そういうんじゃなくて……。ピンとこないんだ。不安になるっていうか……」

「不安?」

「本当に彼女でいいのかって」

千葉は憐れみに満ちた眼でぼくの肩に手を回すと、しみじみとした口調で諭した。

「お前さあ、もうすぐ四十になるんだよな、四十に。見かけは若くてもリッパなおじさんだぞ。いいかげんにピーター卒業しないと、一生結婚できないぞ」

ピーターとは、ネバーランドに住んでいるピーターパンのこと。ここではないどこかを探している、永遠の少年を指している。

「彼女ではない誰か……」

ぼくのつぶやきを聞いて、千葉が天井を見上げて嘆息した。

「もうお手上げ」

＊

たまたまその日はぼくの四十歳の誕生日だった。

仕事帰りのぼくの足元に、風が一枚のサンゴジュの葉を運んできた。何気なく拾い上げて見ると、裏に文字が書かれていた。

わたしをみつけて

それを眼にした瞬間だった。

ぼくの中で何かが起こったのである。

時は夕刻。路地植えのアガパンサスが湿った風に吹かれていた。茜色の空には鳶が飛び交い、遠くで花火の音がしている。青いバイクが音を立てて脇を通り抜けていった。

ぼくはその文字から眼を離すことができなかった。天空に舞う羽衣さながらな、優美で楚々とした文字。

誰が書いたのだろう？

どこから飛んできたのか知りたくなって、ぼくは辺りにサンゴジュが植わった庭を探した。

　そこは住宅地の入り口で、坂道に沿って左右に一戸建の家屋が立ち並んでいた。ぼくは坂道を上がっていったが、サンゴジュはどうしても見つからず、やがて暗くなってきたのであきらめた。葉を胸ポケットにしまうと、マンションに帰った。


　一週間が経った頃、別の場所で、またサンゴジュの葉と出合った。

　今度は風に吹かれた一枚が飛んできたのではなかった。公園のベンチに置かれたバスケットの中いっぱいに「わたしをみつけて」と書かれたサンゴジュの葉があったのである。

「陽だまり公園」という名のその公園は、古びたブランコと滑り台があるだけの小さな公園で、近隣の人間にはオレンジロードへの抜け道として使われていた。

　辺りには誰もいない。

　ぼくはベンチに腰かけ、バスケットの持ち主を待った。

　だが、しばらくしても誰も現われず、時間がなかったので、仕事の打ち合わせ先に向かった。帰りに公園を通ると、バスケットはなくなっていた。

Nae. T

二日後の夜——。

ぼくのマンションに一枚のファックスが届いた。

午前を回った時刻となっていて仕事部屋の電気を消そうとした時、ファックスが動き出したのである。その瞬間、ある予感が走った。知りたかったことが、いまこそわかる気がしたのだ。

ぼくは息を詰め、出てくる用紙を見つめた。

「わたしをみつけて」

用紙にこの文字を認めた時、予感は確信に変わった。

手に取って見ると、用紙の下に舞台の上演期間と時刻が記してあった。『わたしをみつけて』とは芝居のタイトルだったのである。

ファックスの差出人は仕事仲間の杉浦だった。芝居好きがこうじて仲間と市民劇団をたち上げ、プロデューサーの役割を引き受けている。ドリームホールで年に二回、なにがしかの芝居を上演していて、ぼくも頼まれて脚本を書いたことがあった。

彼ならばぼくの行動範囲を察しているし、「陽だまり公園」は誰もが使っている抜け道である。サンゴジュの演出はぼくへのデモンストレーションだったのだろう。

——次の脚本は君に頼むよ、ということか?

鼻白む思いだったが、ぼくはこの舞台を観に行くことに決めた。杉浦がどう企てようと、この文字の魅力がそこなわれたわけではない。この文字を書いた人物に、ぼくは会ってみたかったのである。


舞台はお世辞にも出来が良いとは言えなかった。役者たちはけっこうよくつとめているのだが、脚本がお粗末。演出もイマイチ。何より「運命のカップル」というストーリーが陳腐だった。

行きつけのパブで千葉と飲みながら、ぼくはグチった。

「十九歳の時に事故で亡くなった恋人を待ち続けたヒロインが、二十年経って、恋人と再会するっていう話なんだ」

「何それ。話が見えない。亡くなった恋人を待つ? そのヒロイン、幽霊でも待ってるの?」

「生まれ変わるの待ってるの」

千葉は笑ってウィスキーを飲み干した。

「そっちか」

「な、笑っちゃうだろう。生まれ変わって二十年。だから相手は二十歳」

「ってことは、ヒロインは三十九？」

ぼくはボトルから千葉のグラスにウィスキーを注ぎ足した。

「二十年も待つなんてありえない。リアリティーなさすぎだろ」

「いいんじゃない。芝居なんだし、近頃、年上流行《はやり》だし」

「そういう問題じゃない。セリフがまたひどいんだ。二十年間待って、やっと巡り逢えた相手に、ヒロインが言うんだ。『この日を待ち焦がれていました』」

「それのどこがひどいわけ？」

「二十年も待ったんだぞ！　二十年！　言葉なんか出てくるわけないじゃないか」

「いえてる」

「オレだったらそのシーンにセリフなんか入れない」

「見つめ合う二人？」

「それだけで十分」

「でも舞台はセリフがなきゃ間がもたないだろ。バックに『運命』でも流すか」

ぼくは笑って千葉の肩をたたいた。

「お前の感性って最高!」

盛り上がったあとで、ぼくはポツリと本音をもらした。

「こんな舞台じゃあ、せっかくのあの人の字が活きないよ」

「あの人?」

そうなのだ。舞台を観に行って、ぼくは杉浦に彼女を紹介してもらった。

彼女は内山峯子という名の書道の教師。年は六十一。

ぼくは千葉に例のサンゴジュの一件を語って聞かせた。

「ふーん。行く先々で出合うサンゴジュの葉か。手がこんでるねえ」

「杉浦は覚えがないってトボケてたけど……」

「で、どんな女なんだ? その書道の先生って」

「彼女の書く字そのもの。優雅で気品があって、それでいてピュアで、可憐」

「還暦過ぎてる女が、カレン?」

「年なんか関係ないさ。若い頃は、通りを歩くとふり向かない男はいなかったって。『風が丘のマドンナ』って呼ばれてたんだそうだ」

「風が丘って、もしかしてお前が最近引っ越した、あの風が丘？」

「そう。彼女の家って、偶然にもオレのマンションから近いんだ。だから教室に通うことにした」

「教室って……」

千葉が怪訝な表情で尋ねた。

「まさか彼女の書道教室？」

ぼくはにっこりと笑って答えた。

「その、まさか」

*

彼女の教室に通い始めて一ヵ月が経った。

教室となっている彼女の家は古い日本家屋で、中庭に大きなサンゴジュの樹が枝葉を伸ばしていた。彼女はこの家で、書道の大家である父親と二人で暮らしているのである。

彼女はぼくに親切で、花のような笑顔を向けてくれたが、互いの年を考えると、ぼくは臆病になり、内気な中学生のように、彼女の横顔をただ見つめるばかりだった。しかし、心の中では彼女のことばかり考えている自分がいた。朝も、昼も、夜も――。

どうしてこれほど彼女に惹かれるのか、ぼくにはわからなかった。

ぼくにとって彼女は、夜空に浮かぶ月だった。見上げると、優しく清《さや》かに、たしかにそこにある。しかし、歩いても歩いても、決してそばには近づけないのだ。

彼女との距離感がいつまでたっても縮まらないので、ぼくは杉浦から彼女の情報を仕入れることにした。


「結婚歴はないんだ。ずっと独り身。あの舞台『わたしをみつけて』って、内山さんがモデルなんだよ」

向かい合ったテーブルで杉浦からそう聞かされた時、ぼくは思わず身を乗り出していた。

「恋人が亡くなったんですか？」

「そう、若い時分にね。以来、独身をつらぬいて、生まれ変わりを信じ、相手を待っている」

ぼくは椅子の上で姿勢を正してから笑ってみせた。

「ジョークはなし、杉浦さん」

「本当らしいよ。何しろ『風が丘のマドンナ』だからね。彼女の信奉者たちの間では伝説になってる。それを劇団の仲間の一人が聞きつけて、それであの舞台の話が持ち上がったんだ」

「だからサンゴジュに『わたしをみつけて』って……」

ぼくは思わずつぶやいた。

思い出したように杉浦が片眉を上げてぼくを見た。

「そう言えば、葉っぱがどうとか、わけのわかんないこと言ってたよな、君は」

「サンゴジュの演出、本当に杉浦さんじゃないんですか？」

「オレは案内のファックス送っただけ。サンゴジュなんて樹は知らないし、しかも葉っぱに字が書けるなんて、何人の人間が知ってるってんだよ」

「ぼくは知ってますよ」

「誰に教わったの？」

「誰にって……」

正面きって尋ねられ、記憶を探ってみたが、思い出せなかった。

「いちいち憶えていませんよ」

ぼくは笑ってごまかした。

それから数日間というもの、ぼくは彼女の信奉者という人たちに会って、「伝説」についてくわしく話を聞いて回った。その結果、驚くべきことが判明したのである。

恋人が亡くなったのは彼女が二十一歳の時。それは四十年前の六月十七日であった。その日はなんと、ぼくがこの世に誕生した日なのである。

「亡くなったのは午後二時頃。心臓発作の突然死。オレが生まれたのは夜の十時過ぎだって聞いてるから、魂がさまよっていたのは八時間という計算になる」

「お前、それ、本気で信じて言ってる？」

ぼくと千葉はいつものパブで飲んでいた。

「まさか」

ぼくは笑って枝豆をつまみあげ、ビールを飲み干した。

「けどな、千葉。信じられないようなこんな偶然……こんなことってあまりないだろ」

「どちらかというと、ありえない」

「だろ。だからオレが生まれ変わりかもしれないって言っても、かまわないじゃないか？

これを使わない手はないさ」

「でもそれってサギだぞ。還暦過ぎた女にそこまで入れ込むなんて、どうかしてる。お前、ビョーキだぞ」

「ビョーキでけっこう。恋の病だ。上等じゃないか」

千葉は上目遣いでぼくを見て、ため息をついた。

「なんで彼女なんだ？　いままで付き合った子たちとどこが違うんだ？　まさか結婚したいなんて思ってないよな？　結婚して、子どもつくって、普通の暮らしをするのが夢だって、お前、いつも言ってたじゃないか。六十一だぞ。子どもは望めないぞ」

ぼくが黙っていると、千葉の声のボルテージが上がった。

「書道教室なんかやめろ！　彼女のところへはもう行くな！　いまなら間に合う。引き返せるんだ」

「……なんでなのかはわからない」

ぼくは淡々と答えた。

「でも、出会ってしまったんだ。もう引き返せない」

「大志田……」

「彼女に告白する。こんな気持ちは初めてなんだ。賭ける価値はある」


満月の夜だった。

ぼくが彼女の家のチャイムを鳴らすと、中庭から声がした。

「裏木戸から入ってきてください」

中庭に入ると、彼女は縁側に腰かけて月を眺めていた。

「こんな時刻にすみません」

「電話をいただいたから大丈夫よ」

ぼくは胸ポケットからサンゴジュの葉を取り出すと、彼女に差し出し、そして言った。

「あなたが書いたものですね？」

それはひからびて黒っぽく変色していたが、文字はまだ判読できた。彼女は葉っぱを受け取ると、月明かりにかざし、文字を声に出して読んだ。

「わたしをみつけて」

すると中庭のサンゴジュが、風に揺られて音を立てた。

わたしをみつけて
わたしをみつけて

葉っぱの一枚一枚が、そうささやいているかのようだった。

「あなたで十三人目」

ゆったりと彼女はほほ笑んだ。

「最初は私が三十八の時。相手は十七歳だったわ」

彼女の言葉はぼくにとってあまりに想定外だった。衝撃で立っていられなくなったぼくは、力なく縁側に座り込んだ。

「六月十七日生まれの今年四十歳。私のことを聞いて回ったでしょう。その人たちが教えてくれたの」

「十三人目……」

ぼくは途方に暮れてつぶやいた。

「あの日に生まれた男がそんなにいるんですか……」

「そうみたい」

彼女は淡くほほ笑んだ。

「みんな、人違い？」

「そう、そのたびに、もしかしたらって思ったけど。でも、違ったの。みんな、みんな、違ったの」

彼女の声は遠く遥かに行き渡った。

違ったの
みんな
みんな
違ったの

はかなく、かそけく、まるで歌っているかのよう。

「それでも待っているんですか？」

絶望的な気持ちでぼくは続けた。

「生まれ変わりを信じているんですか？」

「わからないわ」

彼女は哀しそうにうつむいた。

「もう何もわからないの……」

ぼくたちは縁側に並んで腰かけ、月を眺めていた。

とても不思議だった。

あれほど憧れ続けた人の隣にいるのに、ぼくはいたって平静だった。まるで昔からの気心の知れた人と一緒にいるかのように。彼女の隣は安らかで、居心地がいいのである。

しかしそのうちに彼女の哀しみが伝わってきて、ぼくまで哀しくなってきた。

「疲れたの……」

惚けたように彼女が言った。

「私は六十一よ。すっかり年をとってしまったわ」

「あなたは変わらない」

少しでも慰めたくて、彼女の信奉者たちから仕入れた情報を総動員して、ぼくは語り始めた。

「薔薇色の日傘がいまも似合うし、サファイアのブレスレットはあなたの細い腕にしか入らない。真珠の髪飾りはあなたにしか似合わないし、カメオのブローチもいまもあなたにこそふさわしい。妖精のような身のこなしも、本物のレディの言葉遣いも、いまもあなたのものです。歌が上手で、料理も得意、社交ダンスはお手のもの。それにサンゴジュに字が書けると教えてくれた、あなたはあの頃のままなんです」

その時だった。彼女が振り向いてぼくを見たのだ。

「サンゴジュに字が書けるって……」

「あなたが教えてくれたでしょう」

彼女は長い間、ぼくを凝視していた。

やがて眼を伏せると言った。

「誰も知らない秘密があるの」

その声はひそやかで、中庭に吹き渡っている夜風のようにふるえていた。

「私の名前を……」

彼女はぼくをまっすぐに見ると、真剣な面持ちで言った。

「私の名前を呼んでみて」

それは不思議な言葉だった。

ぼくは「峯子さん」と呼ぼうとした。

と、次の瞬間、ある名が鮮やかに浮かび上がってきたのである。
気がつくとぼくはつぶやいていた。
「シンシア」
月の女神という意味のその言葉は、いかにも彼女にふさわしかった。
彼女はぼくを見つめていた。
永遠かと思うほどに長く――。
やがてその眼から、涙がこぼれ落ちた。
風がサンゴジュを揺らしていた。

　　わたしをみつけて
　　　わたしをみつけて

夜半の中庭を、月が照らしていた。

片想い

十二月の落葉シティの空は青く晴れ渡っていた。四車線のオレンジロードを、車やバスやバイクが通り過ぎて行く。

スーツケースを手にした由季子は、タクシーを拾うために歩道に立っていた。

いつもなら頻繁に見かけるタクシーが、なぜか今日はなかなかやって来ない。

——こういう時にかぎってどうして？

心の中でつぶやいていると、ふいに一台のタクシーが姿を現わした。でも、由季子は合図を送らなかった。反対車線だったからである。

しかし、タクシーは向こう側を通り過ぎた後、Uターンすると、由季子の前に来て止まった。

ドアが開き由季子は中に乗り込んだ。

「空港までお願いします」

タクシーが走り出した。

由季子は窓の外に眼をやった。

オレンジロード沿いに、見覚えのある商店やマンションや郵便局が立ち並んでいる。電飾が巻かれた街路樹は、真上に来た太陽に照らされていた。

店々のウィンドウには、トナカイや橇、デコレーションされた樅の木、リボンをつけた色とりどりの贈り物の箱が飾られている。大型スーパーの前では、サンタクロースの扮装をした男女が歩行者にポケットティッシュを配っている。

今宵はクリスマス・イヴ。そのせいか道行く人々はどこか楽しげだ。

昨夜の出来事が、ドラマのシーンのように、浮かんでは消えていった。

*

最終便で着いた後、由季子が訪ねていったのは夫のマンションだった。

窓の明かりを確かめて、チャイムを鳴らすと、インターフォン越しにいきなり怒鳴られた。

「何しに来たんだ。帰れ!」

苦しみ抜いた末にやって来た妻。その妻に、いきなり怒声を浴びせる夫。これではどちらが悪いことをしたのかわからない。

想定はしていたものの、由季子はショックを受けた。

「急に来て悪かったわ。でもそうでもしないと、あなた、会ってくれないでしょう」

感情は脇に置いて、下手に出る。家を出る時、由季子は堅く自分に言い聞かせていた。そうしないと未熟な夫とは会話にならない。

押問答の末、夫は部屋に入れてくれたが、相手の女性については、年も名前も、最後まで明かさなかった。

「離婚してくれ。それ以外、用はない」

同じ言葉を繰り返すだけ。

＊

「いいお天気ですね」

ふいに運転手の声がした。

「お客さん、東京の方ですか?」

由季子は我に返り、「はい」と明るく返事をした。

背中越しに運転手が話し始めた。

「わたしはこの前まで横浜で暮らしてたんです。この街は故郷でね。高校を出て上京して、最初は世田谷、あとは横浜に住んで、この秋、こっちに帰ってきたばかりなんです。お客さんはご旅行ですか？」

とっさに訊かれて、うまい言い訳が思いつかなかった。

「夫に会いに来たんです。単身赴任してるもので……」

「じゃあ、この街には何度も？」

「はい」

「いいところでしょう。都会のような華やかさはないけど、空気が綺麗だし、食べ物もうまい」

「そうですね」

運転手は帽子を被ってサングラスをかけ、前を向いている。その顔は見えなかったが、落ち着いた調子の話し方で、中年の自分と同世代らしいと由季子には察せられた。

運転手が再び口を開いた。

「単身赴任って、どのくらいですか？　何年も？」

「来月で四年になります」

「四年……そりゃあ寂しいですね」

「寂しいです」

由季子は仕方なく調子を合わせた。

「でも夫婦でたまに会うってのも新鮮でいいですよね」

「そうですね」

「お互いに、行ったり来たり……」

由季子の心中を知るよしもなく、運転手は楽しげに話している。

「いいですねえ、恋人時代に戻ったようで。今度、お客さんがこの街に来られるのはいつかな」

空港が見えてきた。

「この街にはもう来ません」

「え？」

自分でも意外だったのだが、これが最後と思ったせいか、由季子の口からは本音が飛び出していた。

「いま、夫と別れてきたんです。最終便で帰ります。この街に来ることはもう二度とありません」

「最終便って……」

運転手は思わず時計に目をやり、そしてバックミラーに向かって言った。

「最終便までまだ何時間もありますよ」

「ほかの便は満席でチケットがとれなかったんです。仕方ないです」

「それまで空港にいるんですか？」

「はい」

「一人で？」

運転手の声があわてていたので、由季子はおかしくなってきた。

「そうです」

「あんな寂しい空港に……」

「大丈夫です」

「ほかに行くところはないんですか？」

「知り合いはいませんし、行くところなんかありません」

「でも、たった一人で……」

由季子はきっぱりと言い切った。

「二人は慣れてるんです。平気です」

「ちょっと待ってください」

運転手は何事か考えているようだった。

そのうちに空港の入口に着いた。

車を停めて、運転手はしばらく沈黙していたが、やがて覚悟を決めたように振り向くと、思いがけないことを言った。

「お客さん、ここまでの料金は頂戴します。でも、もしお客さんさえよろしければ、メーターは倒さず、料金は要りませんから、このあともこのまま乗っていてくださいませんか?」

由季子は怪訝な表情で運転手を見返した。

「わたしはこれで上がりなんです。会社にこの車を返したら、あとは自由です。お客さんさえよろしければ、わたしの車に乗り換えて、最終便の時間までお付き合いします」

由季子は唖然として運転手を見つめていた。何とこたえたらいいのかわからなかった。

「お客さんさえよろしければ……」

運転手は真剣な面持ちで繰り返した。

「あんな寂しい空港で、旦那さんと別れたあと、何時間もひとりぼっちなんて、そんなことはさせられません。心配なんです」

*

――あれから一年。

由季子は湘南で暮らしていた。

坂道を上った新興住宅地の中にあるサンタフェふうの建物が実家である。

作りつけの暖炉のあるリビングルームで、クリスマスツリーの飾り付けをしながら、由季子はあの日を思い出していた。

海岸通りにある「オリオン」という店で、あのあと由季子はココアを飲みながら、運転手が車を替えてやってくるのを待っていた。

「お待たせしました」

帽子を取って、制服を脱ぎ、サングラスを外した運転手。彼はチャコールグレイのマフラーが似合う、笑顔の爽やかな男性だった。

名前は関口章吾。

青いセダンの助手席に由季子を乗せると、約束通り最終便の時刻まで一緒にいてくれた。

その日は雲ひとつない快晴だった。

真冬の寒さも太陽の陽射しに和らげられ、フロントガラスに映る景色は紗のような光に包まれている。海岸線を走ると、水面が銀色にきらめき、群れをなしたウミネコが岸で翼を休めていた。

「合図をしなかったのに、私がタクシーを待ってるって、どうしてわかったんですか?」

「スーツケースを持っていたから」

何時間も一緒に過ごしたのに、ドライブ中の会話を思い出そうとすると、何気ないこんな会話しか浮かんでこない。

理不尽な夫の言動に傷つき、うちのめされていた由季子は、思いの丈を彼に語ったはずだった。何時間も延々と、破局した結婚生活について話し続け、後悔と懺悔を繰り返し、泣いたに違いなかった。

それなのに思い出せるものといえば、フロントガラスに映った景色だけ。

空の青さと海の青さ。

黄昏の街。

イルミネーションの光。

空港に戻った時、辺りは夜の色に塗り替えられていた。

「ありがとうございました」

由季子が握手の手を差し出すと、彼はその手をしっかりと握った。

「お元気で」

そして、二人は別れた。

一年前のクリスマス・イヴ――。

そう、あの日から一年が経ったのだ。

思い返せば、なんと苦悩に満ちた月日だったことか。

離婚を決意したものの、慰謝料や教育費、家のローンの支払いなどの問題に対して、いざとなると夫の考えが甘く、話が進展しなかった。

夫の親兄弟からは「いっときのあやまち。いまに目が覚めて帰ってくるから」と説きふせられ、友人たちからは「離婚は損よ。妻の座は絶対手放しちゃダメ。そんなことをしたら相手の思うツボじゃない」と諭された。

しかし、一人娘の梨華は母親の理解者だった。

「パパと別れるのは正解よ。ママのためにはそうした方がいいと、私、ずっと思ってたの」

「そうなの？」

「だってパパって自己チューで、気難しいじゃない。妻だから仕方ないけど、今までママはよく頑張ったよ。パパの方から別れてくれるっていうんだから、よかったじゃない。ラッキーって受けとめて、これからの人生はマイペースで過ごして。その方がママは輝ける。私、応援するから」

——本音は離婚してほしくないだろうに……。

由季子の胸はいっぱいになった。

長年尽くした夫に裏切られ、踏みつけにされた母親に対して、同性としての梨華の精一杯の励ましなのだろう。

「ありがとう」

由季子の眼からは涙がこぼれていた。

「ママ、頑張るわ」

離婚届を出したのは、春の兆しが感じられる、梅が香る二月の末。

翌月、高校を卒業した梨華は、神戸の看護学校に入学。入寮して家を離れた。

自宅は売却され、由季子は両親と弟が住む神奈川の実家に移り住んだ。やがて大手の進学塾の講師の職を得た由季子は、心機一転、仕事に打ち込んでいった。


夏が来て、秋が来て、月日はまたたく間に過ぎていった。

離婚して十カ月が経ち、迎えた十二月。街はクリスマス一色に華やいでいた。

サンタクロースのサンドイッチマンたち。ポインセチアの鉢が花屋の店先を彩っている。

ツリーの飾りつけを終えた由季子は、ソファーに腰かけた。携帯電話を手にすると、一年前に教えてもらった関口章吾のメールアドレスを確かめた。

由季子が彼にメールをしたのは、あの日、自宅から無事に帰り着いたことを知らせた、その一度だけだった。

それきりになったのは、その時に返事がこなかったからである。

離婚に向かってこれから遭遇するであろう幾多の困難を思って、由季子は頭がいっぱいだったので、彼から返信がこないことが、その時はさして気にならなかった。

事実、離婚が現実となるには、相当なエネルギーと時間と忍耐が必要だった。

弁護士事務所を皮切りに、裁判所、市役所、公証役場、法務局、年金事務所などなど、相談や手続きに出かけていった回数は数知れず、自宅の売却が決まってからは、不動産会社との折衝も始まった。

専業主婦だった由季子にとってはすべて初めての体験で、心も体も休まる暇がなく、精神的にぎりぎりの日々の連続であった。

まるで切り立った断崖を小走りで進んでいくかのようだった。

下を見ると眼が眩む。

立ちすくむと動けなくなる。

前へ。前へ。

何も考えないで。

うたがわないで。

まっすぐに。ひたすらに。

進んだ分だけ夫から離れていける。

そのことだけを信じて。


そして季節は巡り、再び十二月を迎えた現在《いま》――。

由季子が思い出すのは、親切なあの運転手、関口章吾のことだった。

もし彼がいなかったら……と、時々由季子は想像するのだった。

一人で空港の椅子に何時間も座っていたら、私はどうなっていただろう?

自分では大丈夫のつもりだったけれど、時間が経つにしたがって、だんだん落ち込んでいったかもしれない。その可能性は十分にある。そう由季子には思われた。

夫を憎悪し、自分を哀れみ、ついには心の臨界を超えていたかもしれない。理性を失って立ち上がり、あと先考えずにスーツケースを置いて走り出し、空港を飛び出していたかもしれない。そうしたら、車に轢かれていたかもしれない。海に身を投げていたかもしれない。路上で凍え死んでいたかもしれない。

こんなふうに考え始めると、彼が命の恩人のように由季子には思われてくるのであった。

事実、夫の愛人問題が発覚して以来、由季子は一度ならず死を考えたことがあった。

信じていた者に裏切られる。その痛みはあまりに強烈で、耐え難いものであった。まるで爆風で大火傷を負った時のように、痛みの凄まじさに、のた打ち回るのである。すべてが虚しく、自分を価値のない者だと感じた。一日一日が長く、明日に希望が持てなかった。心は死を願うばかり……。

自死を思いとどまったのは、周囲の悲しみを思ったからであるが、通りすがりの他人を気にかけてくれた、あの運転手の親切も助けになった。彼のことを思い出すたび、「自分を大切にしよう」と、由季子は自らに言い聞かせたのだった。

*

どうしていらっしゃるだろう?

お元気かしら?

彼にメールをしたいと思いつつ、返事がもらえなかった場合を思うと、勇気が出なかった。

一年も経っているのだ。アドレスだって変わっているかもしれない。

結局、この日はメールもできず、由季子が意を決して彼にメールを送ったのは、三週間後のクリスマス・イヴだった。
深呼吸をして、気持ちを整え、何度も打ち直して、ようやく書き上げた。

ご無沙汰しています　その後　お変わりありませんか？
私のこと　憶えておられますか？
一年前の今日　クリスマス・イヴにあなたのタクシーに乗り　助けていただいた
東京の高原由季子です
でも今は離婚して　実家の神奈川に住み　姓も旧姓の浜田に戻りました
おかげさまで元気に暮らしています
メールさせていただいたのは　改めてあの時のお礼をお伝えしたかったからです
ありがとうございました
あなたのおかげであの街を　嫌いにならずにすみました

もっと上手に書きたいと思ったが、文章を書くのが苦手な由季子にはこれが精一杯だった。
すると二十三分後に返信が届いた。

浜田由季子様
お久しぶりです　メールありがとうございます
お元気そうで安心しました　関口章吾

短い文章だったが、由季子はどれほど嬉しかったことか。
少し迷ったが、勇気を出して、再びメールしてみた。

ありがとうございます　返信いただいて　嬉しかったです
ご迷惑でなかったら　これからも
時々メールさせていただいてよろしいでしょうか?

返信は四分後に来た。

お返事できない時もあるかもしれませんが　いつでもメールください

週に一度か二度。由季子がメールをすると、章吾から返事が届いた。

ほとんどが天気か体調の話。雨が降ったとか、風が強いだとか、風邪気味だとか、疲れて早寝をしただとか。

章吾はプライベートについて多くを語らなかったが、横浜にいた頃は、

――バンドで　ギターの弾き語りをしていました

と教えてくれた。

――売れなくて　故郷に帰ってきました
　母と二人で　ほのぼのと暮らしています

由季子は章吾のことをもっと知りたいと思った。それができなかったのは、立ち入ったことを質問して、退かれてしまうのを恐れたからである。

メールはもっぱら由季子が送って、彼から返信が来るという形だった。でも、必ずあるというわけではなかったし、現在の二人の関係を言い表わすならば「メル友」。それ以上の進展はなかった。

*

季節は巡っていった。

桜の花びらが風に舞い、紫陽花が雨に咲いた。朝顔が蔓をのばし、ススキがやわらかな秋の陽を浴びている。

二人の距離感は変わらなかったが、章吾はいつのまにか由季子にとって、かけがえのない大切な存在となっていた。

あの人にとって、私はどんな存在なのかしら？

携帯電話を眺めながら、由季子は時々ため息をつくのだった。

仕事の合間の息抜き程度？

メールがこなければ忘れてしまう？

そんなふうに受けとめられるほど、返信のメールはいつも受け身で、短いのである。

夜の帳に浮かぶ月。

――会いたい。

思いが募ると、由季子は月を眺めて、涙を流した。

――いつか会えますか？

以前、勇気を出して送ったメールには、一週間経っても返事がもらえなかった。

悩みに悩んだ末、

――こちらの天気は今日は雨です　そちらはいかがですか？
安全運転　気をつけてください

とメールすると、十二分後に返事が来た。

――こちらも雨です
寒くなってきましたね　風邪に気をつけて

前のメールは完全にスルー。

どうしてなのかわからず悩んだが、メールはもう来ないかもしれないと覚悟していたので嬉しかった。ともかく返事をくれたのである。二人の関係が断たれたわけではなかった。

彼を失うことは由季子には耐えられなかった。どんな形であっても章吾に、自分と関わっていてほしかった。


群青の空に月が輝くある夜――。

庭のテラスに座っていると、弟の尚人がやって来た。

「綺麗な月だね、姉貴」

ベンチャー企業に勤める尚人は、家にいてもたいてい自室でパソコンに向き合っている。庭に出て姉に話しかけることなど、めずらしかった。

「どうかした？　尚人」

「それはこっちのセリフ。この頃どうした？　離婚、まだ引きずってる？」

由季子は笑って答えた。

「それはないわ」

「じゃあ、恋人の悩み？」

「まさか……」

「大当たり！」

尚人は笑って月を見上げた。

「相変わらず、姉貴は嘘が下手だなあ」

「嘘じゃないわ。片想いだもん」

「白状したな。相手は独り者？」

由季子は観念して、章吾と出会ったいきさつを打ち明けた。

話を聞いた尚人は非常に驚いたようだった。

「頼みもしないのに最終便まで付き合ってくれた？　まるでドラマだね」

「親切な人でしょう」

「親切というか、奇特というか。普通、そんなことしないよ。オレだったら、ありえない」

尚人にすべてを打ち明けて、心が軽やかになった由季子は、いままで一人で抱えていた本音を吐露し始めた。

「メールをもらうと嬉しいけど、返ってこないと、すごく不安になるの」

夫に裏切られ、拒絶された由季子は、強い人間不信に陥っていた。深く痛手を負った心は、今もなお血を流し、疼き続けていた。信じていた者から刃を振り下ろされた心の傷は、未だ癒されていなかったのである。

「付き合いたいとか、再婚したいとか、そういうことを彼に望んでいるわけじゃないの。あの時、どん底だった私を助けてくれた、恩人の幸せを願っているだけ。健康でいられるように、幸せでいられますように、毎日祈っていて、それだけで満足なの。でも、つらくて……」

そうつぶやくと、由季子は祈るように両手を胸に組んだ。

「いつか、メールが来なくなるかもしれない。私と関わるのをやめようって、彼が思うかもしれない。馬鹿みたいでしょう、私……。その時はその時、いまそんなことを心配しなくていいって、わかってるのに……。どうしてもそんなふうに考えてしまう自分がいるの。だからその前に、メールするのをやめようって、何度も思うんだけど、できなくて……」

尚人に向けられた由季子の顔には、涙が幾筋も伝っていた。

「あの人は私の心の支えなの。あの人にまで拒絶されたら、生きていけない。でも……傷つきたくないの。もう、絶対に、これ以上、傷つきたくないの」

「恐れるなよ」

月明かりの庭に、尚人の声が響いた。

「そいつのことがそんなに好きなら、傷つくことを恐れないで、傷つくことも引き受けて、そいつのこと、想い続けていろよ」

その声は深く、まっすぐで、この庭を照らす月の光のように澄んでいた。

「人生ってきびしいんだ。生きていくって大変なんだ。一度しかないそんな人生に、好きな相手に出逢えるって、すっごく素敵なことなんだ。姉貴を裏切った最低なあんな奴のせいで、臆病になるなよ。信じることや愛することを、あきらめるなよ。片想いだっていいじゃないか。好きな相手を一途に想うなんて、姉貴らしいよ」

「尚人……」

尚人は照れたように下を向くと、ポツリと言った。

「ちょっとキザかな」

*

その年のクリスマス・イヴ。

青紫の空には満天の星がきらめいていた。地上ではイルミネーションの光がまたたき、道行く人を赤や緑に照らしている。

Nae. T

リビングルームでひとり由季子はクリスマス・ツリーを眺めながら、章吾と出会った二年前のイヴの日を思い出していた。

通りの向こう側からUターンしてきたタクシー。ドアが開いたので、由季子は中に乗り込んで言った。

「空港までお願いします」

すべてはここから始まったのだ。

あの時、もし夫のマンションを出るのがもっと遅かったら、または早過ぎて別のタクシーをつかまえていたら、彼とは出会わなかった。

そう考えると、章吾と出会った偶然が天の計らいのように由季子には思われるのであった。

相変わらずのメル友。距離感もそのままだが、それでも良かった。何も求めず、期待せず、ただ彼の幸せを祈るだけ。章吾の存在そのものが、いまでは由季子の心の支えだったからである。

携帯電話を取り出すと、由季子は章吾にメールを打った。
タイトルは「記念日」。

あなたに出逢って三度目のクリスマス・イヴ
メールを始めて一年目　今日は私たちの記念日です
テレビによると　そちらは雪だそうですね
ホワイトクリスマスは素敵ですが　雪道の運転　気をつけてください
ご健康が守られますように　お祈りしています

二度読み返し、章吾の宛先を確かめて、送信した。

＊

落葉シティは雪明かりに包まれていた。

イヴの今宵、道行く人はプレゼントを抱え、あるいはケーキの箱を手に、クリスマスソングの流れる雑踏を行き交っている。

鮮やかな真紅の帽子とコートが人目をひいている。マダム朱鷺子が抱えているのは白菊の花束であった。

商店街を抜け、狭い路地を通り、馴染みの町内に入っていく。

表札に「関口」とある古い一軒家の前に着くと、「ごめんください」と、朱鷺子は玄関の引き戸を開けた。

「よく、来てくれたわね」

出迎えたのは幼なじみの和江だった。

奥の間のこたつで和江と朱鷺子は、お茶を飲みながら向かい合っていた。

「あれから二年経つのね」

茶碗を手に朱鷺子がため息をついた。

部屋には線香の匂いがたちこめていた。

「お客さんを空港まで送っていった後だって言ってたわ」

和江が遠い眼をして言った。

「電話をくれて『お母さん、これから帰るから』って」

「事故はその帰り道？」

「居眠り運転のトラックが対向車線を越えてきて。即死がせめてもの慰めね」

和江は涙声になり、目頭を押さえて続けた。

「苦しまなくてよかった……」

「本当に……」

相槌を打ちながら、朱鷺子は部屋の隅に目を向けた。

蝋燭の灯った仏壇に章吾の写真が飾ってあった。仏壇の横には愛用のギターがたてかけてある。

「あら」

写真の横の携帯電話を見て朱鷺子が声を上げた。

「光ってるわよ、和ちゃん」

「章吾の携帯……」

視線を携帯電話に移して和江が答えた。

「なぜか時々光るの」

「音が鳴らないのに？」

「こわれてるもの」

「こわれてるのに光るの？　不思議ねえ……」

「最初に光ったのは、去年のクリスマス・イヴ」

「それって章ちゃんの命日じゃない」

「そう。命日だったから、あの子が帰ってきたような気がしたのよ」

「それからも光るの？」

「週に一度か二度」

朱鷺子は点滅を続ける携帯電話を不思議そうに見ていたが、やがて涙ぐんで言った。

「ひとりぼっちになったお母さんを励ましてるのよ、きっと」

「優しい息子だったから」

和江はほほえんで、窓の外に眼をやった。
街路樹のイルミネーションがきらめき、辺りをお伽話の世界のように染めている。
聖夜の空には星屑が光っていた。

著者プロフィール

下田 ひとみ（しもだ ひとみ）

鳥取市出身。神奈川県鎌倉市在住。
■著書
『キャロリングの夜のことなど』(筆名：由木菖、2002年)『落ち葉シティ２』(2020年)『空ゆく月のめぐり逢うまで』(2022年　いずれも文芸社)
『うりずんの風』(2005年)『翼を持つ者』(2008年)『勝海舟とキリスト教』(2010年)『トロアスの港』(2016年　いずれも作品社)
『雪晴れ』(2006年　幻冬舎ルネッサンス)

カバー・本文　絵

髙木 なえ（たかぎ なえ）

本名　髙木早苗。神奈川県南足柄市在住。
文化服装学院デザイン科卒。
兎月人に師事。写実からシュルレアリスムを学ぶ。
独立後、輪廻をテーマに心象風景を制作。
南足柄市美術協会会員。
「小さな街の美術館」として自宅でアート開催。

落葉シティ

2015年７月15日　初版第１刷発行
2024年12月15日　初版第３刷発行

著　者　下田 ひとみ
発行者　瓜谷 綱延
発行所　株式会社文芸社
〒160-0022　東京都新宿区新宿1－10－1
電話　03-5369-3060（代表）
03-5369-2299（販売）

印刷所　株式会社フクイン

ISBN978-4-286-16332-1